JN096635
Illustration:黒獅子
柳内たくみ
Yanai Takumi
GATE
ゲート
自衛隊
彼の海にて
斯く戦えり
SEASON 2
5.回天編
下

束ねられた五本の黒い爪は、
そのままプリメーラの胸を
貫くかと思われた。

「何をするんだ、メイベル！」
その時、徳島が
咄嗟に動いた。

ゲート SEASON2
自衛隊　彼の海にて、斯く戦えり
5.回天編〈下〉

A L P H A L I G H T

柳内たくみ
Takumi Yanai

主な登場人物 Main Characters

海上自衛隊二等海曹。
特務艇『はしだて』への配属
経験もある給養員（料理人）。

翼皇種（アヴィ）の少女。
戦艦オデット号の船守り。
プリメーラの親友。

海上自衛隊一等海佐。
情報業務群・特地担当統括官。
生粋の“艦”マニア。

帆艇アーチ号船長。
正義の海賊アーチ一族。
プリメーラの親友。

ティナエ統領の娘。
極度の人見知りだが酒を飲む
と気丈になる『酔姫』。

ティナエ政府
最高意思決定機関
『十人委員会』のメンバー。

亜神ロゥリィとの戦いに敗れ、
神に見捨てられた亜神。
徳島達と行動を共にする。

陸上自衛隊一等陸尉。
江田島の要請を受け
再び特地へ赴く。

中華人民共和国・
人民解放軍総参謀部二部に
雇われた日本人。

その他の登場人物

レディ・フレ・バグ……………………海に浮かぶ国アトランティアの女王（ハーラム）。

セスラ……………………………………メトセラ号の三美姫。三つ目のレノン種。

イスラ・デ・ピノス……………………シャムロックの秘書。

北条宗祇（ほうじょうそうぎ）……………………………北条元総理の息子。若手政治家。

カイピリーニャ・エム・ロイテル………ティナエ艦「エイレーン号」艦長。

ドラケ・ド・モヒート…………………アヴィオン海海賊七頭目の一人。

オディール・ゼ・ネヴュラ……………漆黒の翼を持つ翼皇種（アヴィ）の少女。

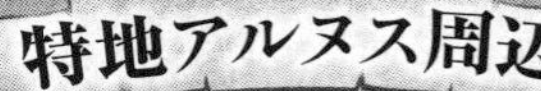

碧海

グラス半島

クンドラン海

●カナデーラ諸島

●メギド

アトランティア・
ウルース

アヴィオン海

●ロンデル
帝都●
●イタリカ
◎アルヌス
エルベ藩王国
トュマレン
碧　海

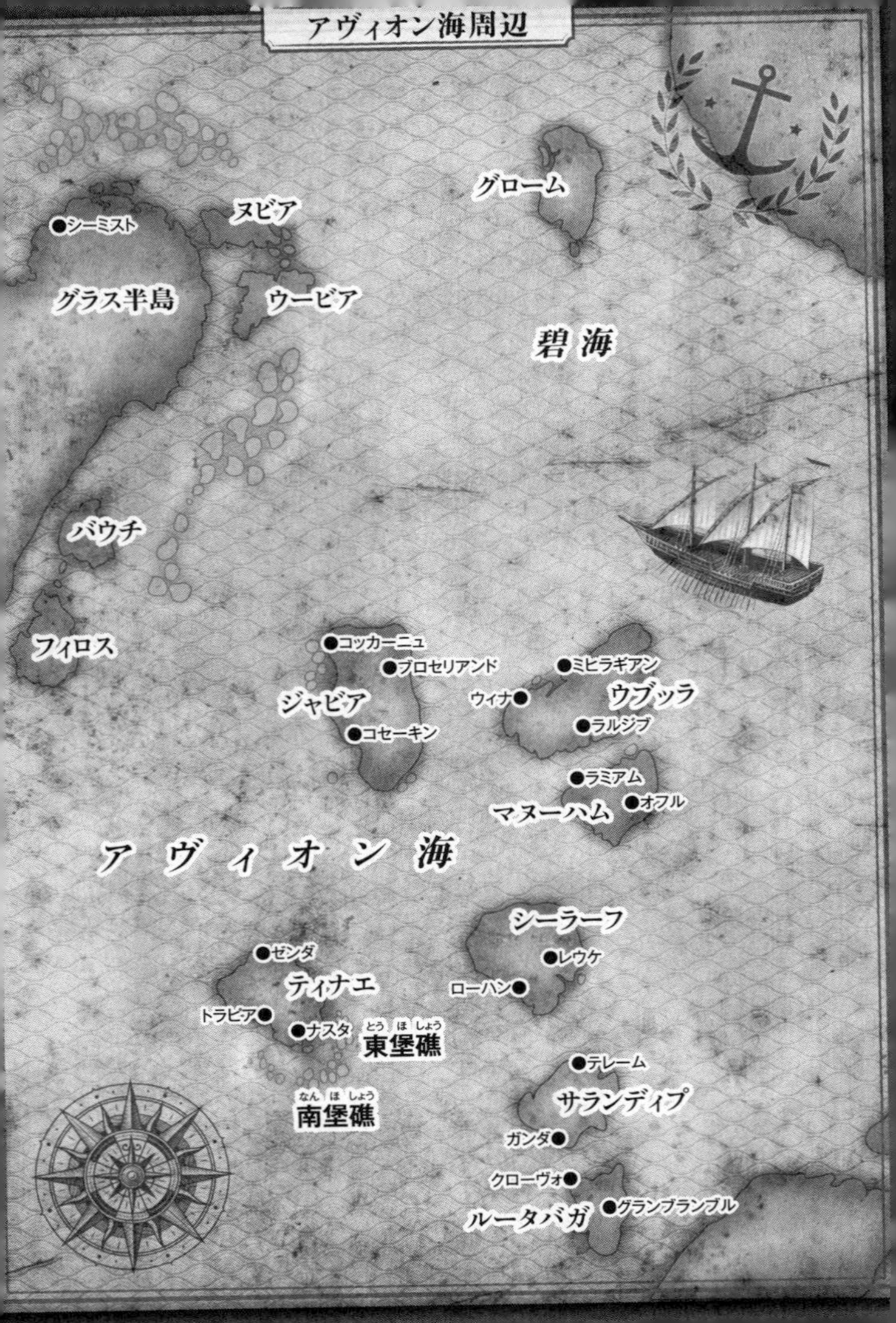

アヴィオン海周辺

グローム
ヌビア
シーミスト
グラス半島
ウービア
碧海
バウチ
フィロス
コッカーニュ
ブロセリアンド
ミヒラギアン
ジャビア
ウィナ
ウブッラ
ラルジブ
コセーキン
ラミアム
オフル
マヌーハム
アヴィオン海
シーラーフ
ゼンダ
レウケ
ティナエ
ローハン
トラビア
ナスタ
東堡礁（とうほしょう）
テレーム
南堡礁（なんほしょう）
サランディプ
ガンダ
クローヴォ
グランブランブル
ルータバガ

08

中華人民共和国／人民解放軍総参謀部

人民解放軍総参謀長の剛起平（ごうきへい）は、陸軍士官の時代にはあまり意識することなく見ていた地図を眺めつつ、自国の置かれた状況を改めて考えていた。

中華の歴史の中で生まれ滅んでいった国々は、地政学的にいう大陸国として振る舞った。

辺境の騎馬民族や蛮族の絶え間ない襲撃と略奪から中原（ちゅうげん）と人民を守るため、長城を建設してその内側を安全地帯とすることで繁栄してきたのだ。

長い長い歴史の中で、それらの国々は国力、あるいは周辺国との関係において征旅（せいりょ）を発することもあったが、軍の役目はもっぱら防御であり、あるいは皇帝の支配を支えるため内側に対してその力を向けた。故に軍といえば陸軍のことを指していたのである。

そのことは共産党が中華の地を制し、党の指導に従う国家が建設された今も変わっていない。

人民解放軍は、読んで字のごとく「人民を解放する」ために存在する。モンゴルで、チベットで、ウイグルで、そして中原で、人民を、政府を、資本家やファシストの悪逆な支配から解き放ち、唯一無二にして善良かつ有能な政策立案機関である共産党の指導下に置く。それこそが人民にとっての「幸福」なのだ。そして、それを力ずくで実現することが、人民解放軍の使命なのである。

だが時代は変わり、「中華は霞む地平の果てまで広がり、その向こうに化外の民が住まう四夷がある」という時代は終焉した。地球の真裏まで情報が瞬く間に行き交うようになり、物流は大陸の縁から溢れ落ちるように海を経て、全世界のあらゆる所まで行き届く。

ここまで世界の繋がりが密接になれば、中華中原はおろか、ユーラシア大陸ですら、巨大な海に浮かぶ島でしかないと思い知るのだ。

極東アジアを中心に、南東の方角を上に向けた地図を眺めてみる。

すると、中華人民共和国の絶望的な状況が見えてくる。

中華は、外洋へと出て行くルートのことごとくが塞がれているのだ。

まず、南シナ海に面した右方向（南西）。南シナ海からマラッカ海峡、あるいはロンボク海峡を経てインド洋、中東へと向かうこのルートは、石油の輸入のためになくてはならない。

しかしこれはマレーシア、インドネシア、シンガポール、そしてインドによっていつ塞がれてもおかしくない状況だ。

一方、太平洋側、この地図で上方向（南東）に向かって進む道もまた、沖縄、台湾、フィリピンが作る島々の連なりによって阻まれている。

左方向（北東）に向かって進めば、日本海、ベーリング海を経て地球温暖化によって使用が可能となった北極海経由ルートが広がっている。

だが、ここもまた朝鮮半島、そして日本の対馬の隙間を通らねばならないし、津軽海峡あるいは宗谷海峡を抜けなくてはならない。

そう。どの海に向かうにも中華人民共和国の前には道を塞ぐ関門が存在しているのだ。

通常の国ならば、そんなことはあまり問題視しない。それら関門を持つ国々との友好関係を築けば、往来に支障は生じないのだから。しかし、偉大なる中華の復興を目指している今、友誼や好意などといったあやふやなものに頼ることは許されない。自国の生命線を他人に委ねて機嫌を損なわぬよう振る舞わなくてはならないのは屈辱だし、それでは繁栄だって覚束ない。それらルートの要衝は、「解放」されなくてはならないのだ。

そういう意味で、対日本において重視すべき海峡は、三カ所ある。

まずは津軽・宗谷の二海峡。こちらは北海道を手中に収めれば確保できる。

もう一つが太平洋への道――宮古海峡だ。ここを獲得するには、沖縄を手に入れる必要がある。

そのため中国政府は、共産党の指導下で硬軟二つの作戦を展開している。それは「蛙は熱湯に放り込まれたら逃げ出すが、水から煮ていけば茹で上がる」という計略を基にしたものだ。

まず該当する地域に自国民を移民させる。

土地私有制を持つ日本で、彼らに土地を取得させる。そしてそこに、華僑の、華僑による、華僑のための租界を築いていくのである。

その後は、日本国籍を取った華僑の代言者となる国会議員を増やすか、あるいは人権を盾に在留外国人に対する参政権を認めさせる。そして彼らに独立運動を起こさせ、それを保護支援すると称して、軍事介入に打って出るのである。

これは実際にロシアが南オセチアやクリミア半島を奪い取るために行った手法でもある。軍事介入した後は、彼らを独立させて併合するもよし、独立を維持させたまま属国として扱ってもよいのだ。

対して尖閣においては、力で緊張状態を作り出すやり方を採っていた。

尖閣諸島の領有権を主張し、常に緊張している状態を維持するために、島の周囲に中国の公船を浮かべている。日夜、寝ても覚めても絶えず送り込み続ける。互いが睨み合っていることを常態化させるのだ。

これには、北海道や沖縄で展開している作戦から耳目を逸らす陽動という意味合いもあるが、日本人の警戒心を麻痺させることが目的だ。

そうした緊張状態を作った上で、日本国民に対して「中国はそう悪い国ではない」「アメリカと手を結ぶほうが売国」「人の住まない島を、一個や二個取られたくらいでいきり立つ必要はない」と、影響力の大きな者──特にマスコミや文化人を通じて呼びかける。緊張状態も常のものとなれば、やがて人々の意識から消えていく。そうしておいて、軍事行動を起こす好機の到来を待つのである。

好機とは、軍事行動を起こしても日本が奪い返してこられないくらいに弱った瞬間だ。災害や政変、混乱などで政府の機能が低下した時、国際情勢で全世界の目が別の方面に向いている時などが狙い目となる。いずれ日本列島では、必ず首都圏で大規模な災害が発生するはず。その時をじっと待てばいい。

しかし、その好機を待たずして実力行使に出るとなると、話は違ってくる。力ずくに対しては、力ずくの抵抗が起こってしまうからだ。

剛としては、それだけは避けたかった。いくら日本が尖閣の要塞化などという不埒(ふらち)な企てを目論んでいたとはいっても、武力行使で対抗しては、これまで整えてきた様々な準備がご破算になってしまう。その一点が心配の種なのだ。

「総参謀長閣下、お時間です」

海軍司令員の魏(ぎ)中将が言った。

振り返って魏海軍中将の顔を見ると、剛は複雑な心境になった。

今回の作戦で尖閣還収に成功したら、次代の総参謀長の座は勝利の栄光と功績を手にした海軍とその司令員の魏中将に決まる。にもかかわらず剛は、自分をこの総参謀長の座から追い落とすことになる作戦を成功させなくてはならないのだ。

「状況は?」

「依然として、変わっていません」

東シナ海では、日本政府への抗議を旗印にした活動家グループに偽装させた海上民兵が、尖閣の接続水域に到達していた。

それ以上進むのを阻もうと、日本の海上保安庁、そして海上自衛隊が待ち構えている。

当然、剛も海上警察と人民解放海軍を現場に送り込むよう命じていた。

東シナ海上空は、既に両国所属の戦闘機が飛び交って盛んに牽制し合っている。

文字通り、一触即発の状態だ。それでもまだ戦火を交えていないのは、互いに「先に手を出した」という罪を背負わされるのを避けたいがためだ。

「そうか……ここまで来ても、日本政府は譲る様子を見せないか」

すると、魏海軍中将は同情含みに笑った。

「ある意味予想通りといえます。日本にも、毛虫ほどのプライドがあるでしょうから、戦わずに退くことは出来ないのでしょう。彼らが退きやすいよう、盛大に打ち負かしてやりましょう」

「……そうだな」

とはいえ剛は内心、力ずくの作戦には反対の立場であった。

もちろん、負けるなどとは思っていない。兵器の質はまだしも、量においては中国は圧倒的に優勢なのだ。だがそれでも、万が一というのがある。アメリカがどう出てくるか分からないというのもある。軍事をよく知る者ほど、軍事力の使用には慎重となるものなのだ。

だが海軍は勝てるという。ならばやらせてみろ、というのが董国家主席の意思でもあった。

「問題は、日本がどこまでやるつもりかだ」

その辺りが、なかなか判断が難しいところである。

「相手の都合など考える必要はありません。奴らが悲鳴を上げて、もうやめてくれと叫ぶまで、我々は進めばよいのです。そもそも、資源の安定供給をして欲しければ友好関係を維持するようにしろ、と上から目線で告げてくるところが身の程知らずで傲慢です。我が国との関係を良好に保ちたいなら、我々が求める全てに是と服従し、代わりに恩恵として利益と安全を与えて欲しいと伏して乞うべきでしょう」

「とはいえ、島を失っただけで、日本が我が国に屈服するか？」

「するでしょう。魚釣島の次は、いよいよ沖縄です。糧道を断たれるとなれば、日本として屈服するしかありません」

魏海軍中将は簡単に言った。

しかし剛総参謀長は、そんなことあるはずがないと思っていた。

これまで何のために日本が、太平洋にメタンハイドレートが存在することを報道してきたか。いざ、中東からの輸入ルートが断たれても、日本がそのまま倒れてしまうことはないぞと、内外に、特に中国に対してアピールするためだ。

「しかも日本には特地がある」

「今日明日で、これまでと同じ量の輸出入を確保できる訳ではありません。報告によれば、特地内でもいろいろと騒動が起きているそうですから。我が国の優秀な工作員が現地で活躍しているという報告も、葉補佐官からあったではありませんか？」

「ふむ。その通りだな」

とはいえ、日本が素直に引き下がるはずはない。米国とともに中国を侵略国と非難し、あらゆる次元で反発してくるだろう。そして、そうなった時の日本には、これまでのような制限はない。

例えば、北朝鮮の日本人拉致が明らかになった時のこと。

あの出来事をきっかけに、日本人は一斉に右傾化したと言われている。親北朝鮮の立場をとってきた言論人の多くは、それまで「拉致などない」「拉致など、北朝鮮を貶める謀略的宣伝工作に過ぎない」と言い張ってきた。しかし実際に拉致があったと判明すると、声望と発言権を失った。以後日本は、何かの頸木を取り払われたかのごとく、北朝鮮を明確に敵視するようになったのだ。今では北朝鮮の絡んだ交渉では、あらゆる場面で頑なに振る舞い、ほんの僅かな譲歩すらしなくなった。

それが今度は中国の番となるのだ。

島を奪えば、日本政府を押さえ込んでいた頸木がなくなる。領土を奪われたからには、平和憲法で国は守れないと叫び「憲法改正」というカードが切れる。日本国内にある中国人資産の凍結や没収とてあり得る。

これに反対する者は極少数派に転落するだろう。外国人参政権など、言葉の端に乗せただけでも売国奴と罵られる状況に陥る。そうなっては、北海道、沖縄を奪い取ることも不可能だ。せっかく長い年月をかけて準備してきたのに、それらが全てダメになってしまうのだ。

専守防衛という鎖が外れた日本は、領土が奪われている限り戦争状態は続いていると宣言し、中国にダメージを与える手法を行ってくることも予想される。

その一つとして、地味にキツいのが通商破壊だ。

といっても、第一次・二次大戦時のドイツがごとく、潜水艦でタンカーを沈めて回る必要はない。海上交通の要衝――例えばマラッカ海峡、ロンボク海峡、そして宮古海峡等に、機雷を散布すればよい。

機雷処理は、日本のお家芸だ。第二次大戦、朝鮮戦争、湾岸戦争と、機雷処理の経験をこれ以上ないほど積んでいる。そして処理が得意ということは、裏を返せば、どう仕掛けたら嫌がらせになるかを承知しているということにもなる。

特に近年の機雷は性能もよいので、特定の船にだけ反応する、あるいはしないようにすることも可能だ。そうなったら中国は、原油の輸入を断たれて、たちまち干上がってしまう。

ロシアがクリミア半島をウクライナから奪い取り、欧米各国から懲罰を受けても平気な顔をしていられるのは、資源輸出国であるという面に加え、国民に窮乏に耐えることが出来る強さがあるからだ。

しかし中国にはその強みがない。経済が驚異的に発展していく中で、強権的な一党独裁制により国民の不満を封じ込めてきたのだ。国民に耐乏を求めるのはまったく不可能だろう。

すると、これまで強みとしていた十三億という人口が、足枷に転じる。十三億人が要求する食糧、資源、そしてエネルギーをどうやって確保するか。

今日、中国が一帯一路政策で、経済的紐帯（ちゅうたい）をユーラシアの内陸に向けて広げようとしているのも、いわば糧道を断たれることを防ぐためだ。しかしそれは未完成なのである。

だからこそ我が国は、これまでも台湾や尖閣を武力で奪うという行動を取らなかった。なのに海軍は、あえて武力行動を起こすという。

剛は、魏中将の見識を問うために尋ねた。

「私は、尖閣を奪い取るのはまだ早いと思っている。準備は整っていないとね。君は強硬手段に出た後の影響を検討しているかね？」

「それは大した問題ではありません。時間はかかるでしょうが、平和と友好関係という美名を鼻薬として嗅がせながら交渉を重ねていけば、いずれどうとでもなりましょう」

「では、台湾はどう対処してくると思う？　ロシアは？　インドは？　ヨーロッパの各国はどのような態度になる？　次から次へと、我々が対処しなければならない戦線はどんどん拡大するぞ。カシミールやブータン方面はどうなっていく？」

　すると、魏海軍中将は答えた。

「心配の必要はありません。インド軍がガルワン渓谷で戦力を増強しているという動きがありますが、陸軍が余計なことをせずに隙を見せねば、それ以上動くことはありません。インド兵相手に派手な殴り合いをして死者まで出してしまうから、係争地から撤退しなければならなくなるのです。おっと、これは別に陸軍を批判している訳ではありませんよ」

「では、我が国内に目を転じてみよう。君の目には国内情勢はどう映っている？」

「確かにウイグル、チベット、そして香港では不穏な状況が続いています。しかし抑えることは簡単です。総参謀長、我々は困難を理由に怯むべきではありません。断固として戦って、力を示すべきなのです。繰り返しになりますが、ここで退いては将来に禍根を残します。剛上将はやたら慎重論を口にされますが、我々海軍が戦果を上げることに嫉妬なさっているのではありませんか？　だから我々を掣肘を加えるようなことを仰るのです」

魏海軍中将は、内心の優越感をあからさまにして語った。

確かに年々拡大を見せる海軍への嫉妬心がないとは言わない。だがそれだけではないのだ。

剛には、魏の言葉から早く早くという焦りの匂いしか感じられない。後でどんなに状況が酷くなろうとも、とりあえず今、自分が勝利を得られればよい。そういう魏海軍中将の自分勝手な成功と勝利への渇望が、状況判断を見誤らせているとしか思えないのである。

＊　　＊

その頃、日本――

時は、多くの人が昼食を取ろうという頃であった。

毎朝新聞社会部記者の鶴橋は、首相官邸から少し離れたところにある六本木の高級グランメゾンにいた。周囲のテーブルは、二人ないし三人連れの客がテーブルを囲んで、静かに談笑しつつ料理を楽しんでいた。

こんな店を鶴橋が利用するのは初めてで、いつものよれよれなスーツ姿で来たことを大いに後悔していた。にもかかわらず、案内されたテーブルは、フロアのほぼ中央。景色の良い窓際ほどではないけれどなかなかよい扱いだ。予約の際に告げた毎朝新聞社の名が、功を奏したに違いない。

だが、鶴橋の向かい側に座るべき相手はまだ現れていない。

「早く来てくれないかな……」

高級店にいるというだけで何だか据わりの悪さを感じるのに、中央のテーブル席で食事もせずに一人で待っているというのは、途轍もなく居心地が悪いのだ。

「いや、待たせてすまん。仕事がなかなか終わらなくて」

だが、鶴橋のそんな気苦労が最高潮に達した時、待ち人が現れた。

親譲りの端整で爽やかな笑顔と、流暢な弁舌。その顔も名前も、テレビによく映る若手の政治家として人々に知られている。実際、この男の登場に、店内は一瞬静まりかえった。皆がこの男の名をひそひそと囁いた。

「北条宗祇(ほうじょうそうぎ)よ」

「北条元総理の息子だ」

衆議院議員にして、内閣府大臣政務官の北条宗祇。その姿を見た途端、鶴橋の口から喉元までこみ上げていた文句よりも先に安堵の溜息が出た。

「仕方ない。スケジュール通りという訳にはいかない忙しい身の上なんだろう？」

「ああ。だがこの店には、以前から一度来てみたかったんだ。だから誘ってもらえて嬉しい」

北条宗祇は、ギャルソンのアテンドで腰を下ろすと微苦笑した。

「今日は日曜だが、この後も政務がある。だからノンアルコールでいきたい。とはいえ気分だけでも呑(の)んだつもりになりたいから……」

北条宗祇は、さらっとリストの下にあるものを指差す。１６８８グラン・ブラン。それはノンアルコールのスパークリングワインだが、名前からして高級そうな雰囲気がある。鶴橋はその金額を思って、思わずどぎまぎとしてしまった。

「何年ぶりになる？」

「北条が選挙に出る寸前だったから、もう五年か？」

美味い食事のおかげか、二人の会話は滑りよく始まった。

「もうそんなになるのか？　忙しい毎日の中にいると、随分と速く感じるよ」

「おいおい、何年も前のことをつい昨日のように言ってしまうのは老化が進んだ証拠だぞ。ちなみに俺が久しぶりという感じがしないのは、北条の姿を新聞やテレビで日常的に見ていたからだ。随分とご活躍のようで何よりだ」

「これでも三年生議員だからな」

三年生議員とは三年目という意味ではない。選挙の洗礼を三回受けているという意味だ。

衆議院は一期四年だが、途中で解散があるし、北条宗祇の場合、最初の当選は補欠選挙だったから、僅か五年のキャリアでも三回の選挙を経験することが出来た。様々な役職を担うことが要求されるのも、概ねこの頃からだ。

「でも、政務官なんて凄い」

「親の七光りさ」

「七光りだけじゃ政務官にはなれんだろ？　次は副大臣か大臣という噂も聞こえるぞ」

すると北条はちょっと自慢げに鼻を高く上げた。

「まあ重要な仕事をいくつかこなしたからな。特地の海賊対処法だって俺が担当した。

おかげで総理や党幹部の覚えもめでたくてね。で、お前のほうはどうなんだ？」

「社会部で十一年目。まあまあ普通にやってる」

「政治部に移って、官邸詰めになればいいのに」

そうすれば、政務官とも日常的に接することが出来る。何ならネタを流してやるよ、とも言った。しかし鶴橋は笑って後ろ頭を掻いた。

「そういうのは、俺には無理そうだ……」

「確かに。貴様はそういうのは不得手そうだ」

政治部の記者は、政治家とズブズブの関係になりやすい。

日常的に情報を貰う代わりに、潰したい人事や法案のリーク、あるいは政敵にとって不利益な飛ばし記事を書くといったことを引き受けなければならない。つまり「政治工作」の道具になるのだ。

とはいえ、政治記者はそういう関係を利用し、時に利用されるからこそ、政界内部のことを記事にすることも出来るのだ。なのにこの男は、仕事に個人的な関係を持ち込みたくないと頑なだ。

「そんな貴様がわざわざ俺を呼び出すなんて、どういった風の吹き回しだ？　特地の問題ならいくつか話してやれることがあるぞ」

「どんな？」

「特地のカナデーラ諸島が、国家を自称する海賊集団に占領されたのは知ってるな？」

「ああ。尖閣の問題ですっかり埋もれてしまっているがな」

「我が国は『治安出動』を命じた。ここに来るのが遅れたのも、実はその処理をしていたからだ」

「治安出動？　防衛出動ではなくてか？」

「あくまでも海賊という治安を乱す者への対処だからな」

「そっか。それはそれで面白そうな話だが――出来ることなら一番ホットな問題を教えてくれ」

　鶴橋は言いながら、手帳を取り出した。

「何を知りたい？」

「『オペレーション墨俣（すのまた）』の内情だ」

「鶴橋、貴様本気でそんなものが政府内部にあったと信じてるのか？」

　北条に真顔で問われると、鶴橋は一瞬、答えに詰まった。

「信じている。何故ならあの記事は俺が書いたからだ」

「なるほど、あの記事は貴様が書いたか。ならば、もっと突っ込んだ話をしてもいいな。

鶴橋、貴様はあの文書を、防衛省の職員から直接手渡された訳じゃないだろ？　もちろん防衛省に忍び込んで盗み出したものでも、ネットを通じて防衛省内部のサーバーから引き出したものでもない。おそらくは第三者から、こいつは防衛省の秘密文書だぜって言って手渡されたんだ」

北条の真実を貫く言葉に、鶴橋は全身から血の気が引いていくのを感じた。

「別に答えなくてもいいぞ。俺は、貴様が真実を知っているか確認したかっただけなんだから」

北条はそう言いながら、シャンパングラスを傾けて唇を湿らせた。

「貴様がこの件を俺に問うたのは何故かと考える。すると見えてくることがある。それは、貴様自身も、アレが防衛省の内部にあったと確信が持てていないということだ」

北条の心底を覗くような視線を浴びた鶴橋は、ただひたすら表情を硬くしていた。

「まあいい。この件では、貴様に答えられることは少なかろう。他に、質問は？」

「ならば、尖閣現地の状況と、今後の展開についてだ」

「確かに心配になるよな。あの記事が事態悪化の引き金になったのは確かなんだ。下手すりゃ戦争だ。もちろんアレが、本当に防衛省の文書なら、政府の自業自得だと批判できるだろう。しかし、貴様はアレが防衛省のものではないと腹の底では確信してしまっている。そう、今の状況の責任は、自分にあると自覚してるんだ」

鶴橋はこれにも応えることが出来ず、冷や汗でびっしょりとなっていた。

「なあ、教えてくれ、鶴橋。どうして記事を書く時に裏取りをしなかったんだ？　貴様はそんないい加減な仕事をする人間じゃなかったろう？」

「……」

「貴様は新聞記者になる時、真実を追求するジャーナリストになるんだって胸を張ってたじゃないか。あの時の貴様は一体どこにいったんだ？」

「……」

何も答えられない鶴橋を見て、北条は深々と嘆息した。

「現在、尖閣の接続水域では、海上民兵の漁船百隻余りと海上保安庁が対峙している。今回は、中国海警と人民解放軍の東海艦隊がオマケとして付いてきている。日本政府も、海上保安庁、海上自衛隊に命令を出して、動ける艦艇のほとんどを沖縄周辺に集めた。文字通り一触即発の事態だ」

「い、いつ始まる？」

「そんなことは誰にも分からないさ。今この瞬間にも始まっているかもしれないし、明日かもしれない」

相手のあることは、いつだって思惑通りには進まないものだと北条は語ったのである。

＊　　＊

中華人民共和国／青島(チンタオ)／人民解放軍総参謀三部第四局電網偵察処

通称『アニメ・スタジオ巨視』ＳＩＧＩＮＴ(シギント)部に所属するアナリストのメイリンは、ヘッドホン越しに聞こえる会話に心臓が高鳴るのを感じた。すぐに報告しなければと上長の姿を捜す。

「徐(じょ)主任！」

呼びかけても、主任はちょっと待てと手を振るばかり。

コンソールルーム内にいるそれぞれの担当者が、自分の任務、自分の監視対象者についての報告を勝手気ままに大声で話すので、メイリンの声も霞んでしまうのだ。

そこでメイリンは、コンソール脇のアイコンをクリックして、ボリュームを最大にした。

キーンというハウリングに続くスピーカーからの大音声(だいおんじょう)に、コンソールルームはしんと静まり返った。

『い、いつ始まる？』

『そんなことは誰にも分からないさ。今この瞬間にも始まっているかもしれないし、明日かもしれない』

徐がメイリンを振り返った。

「メイリン。君はイツロウを監視していたな。これは誰との会話だ？」

「会話の相手は、ホウジョウソウギのようです」

「日本政府の政務官の？」

コンソールルーム内が、アナリスト達の歓声でわっと沸き返った。

中南海から日本政府の監視を強化しろという要求があったばかりだ。政府関係者との会話が傍聴できるのは、彼らの任務に大いに役立つ。しかも話題はまさに尖閣の問題だ。

全員が息を凝らして会話に聞き入った。

「映像が欲しい。この場所にいる人物のスマートフォンで、裏口の開けられそうなものはあるか？」

他のアナリストが、スマホ内蔵のＧＰＳで鶴橋の居所を特定。それと同じ緯度・経度に位置するスマホをたちまちリストアップした。

「残念ながら、ほとんどがリンゴ社製のようで——」

「ちっ、日本人の奴め」

「あ、待ってください。この店の防犯カメラは、部品が磐華製です」

磐華とは、中国の電子部品メーカーだ。

「裏口を開けられるか見てくれ」

「了解——この年式なら、間違いなくバックドアが付いてます。ちょっと待ってください」

アナリストが、キーボードを叩いて製品別のマニュアルを呼び出し、それに記されている手順に基づいて店内防犯カメラにアクセスする。

「映像来ます」

コンソールルームの大スクリーンに店内の様子が映る。画面の中央で、鶴橋と北条の二人がテーブルを挟んで向かい合っていた。

「何か凄い店みたい」

「あの料理、美味しそう」

内装の豪華さや料理の皿を見て、女性アナリストの何人かが呟いた。アナリストなどという仕事をしていても、その実、政治や外交にはまったく無関心という者がここには少なくないのだ。

「メインデッシュは魚みたい。一度食べてみたいけど、予約取るの大変なんでしょうね」

徐は嘆息しつつ、静かにしてくれと二人に求めた。

コンソールルーム内のモニターに映る北条は、何かに対して憫笑すると、メインデッシュの魚にフォークを付けていた。

『今回ばかりは、中国も本気だ。だが何故今なのかとみんな首を傾げている。我々の分析では、まだ軍事行動に出られる状況が整ったとは言えないんだ。なのにそれでも討って出てくるのは、今動かなければならない理由が生まれたからだろう。……そこで問題になったのが、貴様の「オペレーション墨俣」だ。俺達はアレを、中国が難癖を付けるためにでっち上げた代物だと思い込んでいた。しかし今、お前の顔を見ていて違うかもしれないと思い当たった。アレを仕込んだのは、我が国と中国が衝突することを望んでいる第三国かもしれない』

通称『アニメ・スタジオ巨視』のアナリスト達は、モニター越しに見える北条と鶴橋の会話を聞いてどよめいた。

「まさか……」

アナリスト達が、一斉に徐を振り返る。

「Aチーム。カザミヤヒカルという人物の調査は進んだか？」

カザミヤヒカルは、鶴橋に『オペレーション墨俣』のデータを送った人物の弟であり、データを防衛省から持ち出してリークさせた張本人だ。

すると、Aチームのリーダーが困り顔で答えた。

「いえ……その、実は……」

「何だ、はっきり言え！」

「我々Aチームは、スマートフォンの通話履歴、クレジットカードの支払い記録、スマホ内部の画像データ、クラウドメールの交信履歴、住所録、更に日本国防衛省にある職員名簿、年金、健康保険の加入者リスト、給料の支払い記録もしっかりしていたので、このカザミヤヒカルという人物は間違いなく実在すると断定しました。したのですが……」

「それがどうした。はっきり答えろ！」

「ところが、調査を進めると、カザミヤヒカルの記録には、防衛省に採用されてからの十二年間で一度も残業手当の支払い記録がないと分かりました」

「何だと!?」

「レセプト請求の記録もありません」

別の女性アナリストが補足した。

「レセプト？　それは何だ？」

「日本の医療保険制度では、病院を受診した者は、かかった医療費総額のうち三割を窓口で支払います。残りの七割は、病院がレセプトという請求書を保険組合に送って支払いを受けるのです。しかしカザミヤヒカルという人物のためにそれを支払ったという記録が見当たりません。つまり、この男は、十二年間風邪にかかったこともなければ、歯医者にかかったこともないのです」

徐はガツーンと頭を叩かれた気がした。

どんな人間も、十年単位で見れば一度は医師にかかるものだ。風邪を引いたことがないとしても虫歯にはなる。更に言えば、一度も残業をしたことがない日本人が、ましてや国家公務員がいるはずがないのだ。

「つまり、カザミヤヒカルという男は存在しない訳か」

当然、そんな人間から提供された内部文書が、本物であるはずもない。

皆の脳裏に過りながら、誰もが口にするのを避けた言葉をメイリンが代弁した。

「ルアー・フィッシングに引っかかったんですか？」

ルアー・フィッシングとは、これ見よがしに大切に扱っておいた偽情報を盗ませる諜報活動上の手口だ。

当然、徐達も気を付けてはいる。しかし仮想敵のコンピュータのハードディスクやメモリを情報源にしている限り、どうしたって防ぎ得ないリスクでもあるのだ。

「このことを直ちに中南海に報告しろ！　それとBチーム、文書のファイルの検証はどうなってる？　今すぐやめさせろ！」

「えっ⁉　文書ファイルを調べていたら、一部に圧縮されたデータ領域があると分かり、今解凍しようとしてるところですよ」

「ま、待て、危険だ！　止めろ！」

徐はBチームの方角を振り返って叫ぶ。

だが、遅かった。

突如としてコンソールルーム内のBチームの端末画面が真っ青になった。コンピュータを所有している者なら一度は見たことがあるだろう、絶望のブルー画面だ。しかもその現象は、Bチームを越えてフロア全ての端末画面にまで広がっていった。

「しまった！　ウイルスだ」

警報音が鳴り響き、メインのモニターまで真っ青になる。

「どうして⁉　あのデータはしっかり隔離しておいたはずなのに⁉」

「すぐにメインスイッチを切れ！」

「だ、ダメです。反応しません」

「電源ケーブルをひっこ抜け！」

アナリスト達は、電源を引き抜いて問題の広がりを止めようとした。しかしそれも上手くいっている様子はない。既に全てのマシンに影響が及んでしまっているのだ。

いくつかのマシンからは火花が散り、コンソールに向かっていたアナリストが悲鳴を上げた。

「大変です！」

「一体何が起きてる。報告しろ！」

「バックドアを開くソースコードが次々と……くそっ！　勝手にデータが抜き取られていきます。日本人にしてやられました」

「こんなこと日本人に出来る訳ないだろう！」

「じゃあ誰なんです？」

「アメリカに決まってる！」

徐は屈辱に歯噛みしながら、部下の考え違いを正した。

「剛総参謀長！」

東シナ海の現場から送られてくる映像を食い入るように見入っていた剛に、葉補佐官が呼びかけた。

「どうした？」

「『アニメ・スタジオ巨視』の徐主任から報告が入りました。『オペレーション墨俣』はアメリカの仕込み工作である可能性が高いそうです」

「何だと!?」

「アナリストのチーフである徐は間違いないと断言しています。日本に尖閣を要塞化する意志がなかったと分かったのなら、作戦中止を国家主席に進言なさるべきかと」

するとと魏海軍中将は言った。

「ダメだ！　今更作戦中止など不要である。やれば大きな地歩を得られるというのに、どうして途中でやめる必要があるのか？」

すると葉は反駁(はんばく)する。

「しかしこれは我々が自ら望んで得た好機ではありません。たまたま一局面で優勢に見えるからと安易に進んでは、真の敵であるアメリカの仕掛ける泥沼に引きずり込まれてしまいます。魏海軍司令官、時期がまだ早過ぎるのです。ここで事を起こしたら、事態の収拾にどれほどの手間が掛かるでしょうか？」

「しかし日本を屈服させる好機なんだぞ！」

「いいえ、違います。逆に日本をいよいよ本気にさせ、我が道が閉ざされる危機なのです！」

「日本が力で来るというのなら、こちらも力で対抗すればいいではないか⁉」

「しかし、アメリカに介入の口実を与えてしまいます。そうなれば、我が国も少なからず傷を負います」

「たとえそうだとしても、今ここで退いたら我が国内が収まらない！　少なくとも、私は海軍の部下達を抑える自信はないぞ！　ましてや党の年寄り達を黙らせることなど不可能だ。党が、国内が割れるぞ。それでいいのか？」

魏中将は苛立った声で怒鳴った。

蔓徳愁（とくしゅう）は、中国の最高権力者である。しかし何もかもが彼の思い通りになる訳ではない。

戦前の日本においても、軍部が好き勝手に独走し、昭和天皇の意に反した行動を起こしたように、中国の権力体制もまた複雑で彼の思いのままにはなっていない。実際、その証左のごとく彼は何度も暗殺未遂を受けている。

「いずれにせよ、海軍は主席からの中止命令がない限り作戦を続ける」

では、そんな状況で薹主席はどうやって権力を維持しているのか。

それは利益の分配でなり立っている。世界第二位となった中国の経済力は、今や圧倒的だ。しかしそれでも配分される利益はピラミッド型の支配層末端にまでは行き渡らない。そのため薹主席はその不足分を、将来への期待という約束手形を切ることで賄っている。

将来の厚遇が約束された者や分配される富を待っている者にとって、成功と勝利は当たり前のものであり、失敗や停滞は党上層部、指導者層の弱腰や能力の低さに起因すると見る。そうなると別の者を、自分に利益を与えてくれる者を、トップに据えようという動きが生まれてしまう。

だからこそ国家主席の薹といえども、慎重論に傾くことは難しく、海軍の、そして魏中将の主戦論を掣肘できない。日本に勝利することは、言わば海軍に投げ与える利益でありエサなのだ。

「総参謀長……」

葉はもう一度剛総参謀長に決断を促した。薹主席に作戦中止の進言をすべきだ、と。

「もうやめろ、葉補佐官！　君の言いたいことは分かるが、総参謀長はこの作戦を最後までお見届けになると仰っている」

魏海軍中将の言葉を前に、剛総参謀長は沈黙してしまった。そうなれば、葉補佐官もまたそれ以上の慎重論を主張できなくなってしまうのである。

09

海上自衛隊／第四護衛隊群護衛艦『かが』――

ＦＩＣ（旗艦用司令部作戦室）

『かが』司令部作戦室モニターに映し出される東シナ海の状況図に変化が現れた。

『中国海上民兵団が、接続水域に入りました』

接続水域に現れるまで、海上民兵を乗せた漁船は、ある程度まとまった船団を作っているだけだった。しかし接続水域に入る手前で一旦停止すると、一カ所に集合して舳を接した塊を作った。

概ね楔形(くさびがた)に整えられたその集まりを見れば、意図は分かる。隙間のない巨大な一塊となって前進し、針路を阻む海上保安庁の船団を突き破るつもりなのだ。

『海上保安庁の船団が、対処に向けて前進開始』

もちろん海上保安庁は、船をぶつけてでもこれを防ごうとする。

しかし問題は、中国の漁船が鋼鉄で作られていることだ。これで正面からぶつかられたら、多少では済まない被害が出るだろう。

実際、南シナ海ではベトナムやフィリピンの木製やＦＲＰ製の漁船が、中国漁船の体当たりで沈められている。マスコミで報じられるのは実際に起こっていることのごく一部だろうから、もっと多くの船が海賊行為に等しい襲撃の犠牲となっているはずなのだ。

「いよいよか……」

東都博(とうとひろし)海将はそう呟くと、姿勢を正して部下に東京への回線を繋ぐよう告げた。すると待ち構えていたのだろう。首相官邸の高垣(たかがき)がモニターに現れた。

「ご報告いたします、総理。『状況』が開始されました」

状況——主に演習などの訓練の際に使う「設定」を示す言葉であり、実戦では使わないと様々な場面で語られてきた。しかし、こうして実際に有事になってみると、案外使ってしまうのだなと東都は内心で苦笑した。人間は、本番の時こそ訓練のままに思考、発言、行動してしまうのだ。だからこそ訓練は本番のごとく振る舞わねばならないのである。

「では、計画通りに対処してください」

高垣が総理大臣として命令を伝えてきた。

「了解しました」

いよいよ制服組の出番だ。東都は部下達を振り返って告げた。

「では、始めよう。『チア号作戦』を開始せよ」

「了解！」

「『三回裏だ。チアド○ダンスを開始せよ』。繰り返す『三回裏だ。チアド○ダンスを開始せよ』」

一斉に作戦開始の符丁(ふちょう)が発信される。モニター上の輝点が一斉に移動を開始し、『かが』のＦＩＣは俄然活気付いていった。

東都はふと疑問に思ったのか、左右の幕僚に問いかけた。

「どうして『チアド○ダンス』なんだ？」

「あ、自分がド○ゴンズのファンだからです」

幕僚の一人――名古屋出身――が片手を挙げる。

「あ、そう」

ここで新たに『ド○ゴンズのファンだと、どうしてチアド○なのだ』という疑問が東都の中に生まれたが、これを問うと更に不毛な会話が続きそうで納得するしかなかったのである。

『三回裏だ。チアド○ダンスを開始せよ』

超音波を搬送波に用いた水中電話で作戦開始を伝えられたそうりゅう型潜水艦『りゅうじょう』と『ひりゅう』の二隻は、尖閣諸島内の浅海に沈座した状態からゆっくりと浮上を開始した。

予定の潜度まで静かに浮き上がる。

「魚雷管、注水終わり」

発令所の中央後方に居座る艦長には、部下から次々と報告が届けられてきた。

「前扉開け」

「発射用意よし！」

ふと、艦長が我に返ったような表情をして振り返った。

「ところで、本当に発射して大丈夫なのか？　水圧が急激にかかって彼女達に、健康被害とか……」

「大丈夫です。特地に派遣されている黒川一佐から、何度も実際に試して問題なかったとの報告が入ってます。潜水医学の専門家も太鼓判を押してます。大丈夫です」

近年、潜水艦に乗り込むようになった女性士官の一人が心配は不要だと告げた。

「そうか。ではそれを信じて実施しよう——チア号作戦はじめ！」

「チアガール射出！」

「前略、中略、ファイヤー！」

艦内に圧搾空気の流れる音が響く。

「行くよーーー」

これによって二隻の潜水艦全ての魚雷管に装填されていた半身半魚の人魚達——特地から招聘したケミィ達アクアスが、東シナ海へと飛び出していったのである。

＊　　＊

「ふむ——」

北条はテーブルに置いたスマホ画面にチラリと視線を走らせた。官邸から「状況」が始まったという連絡が入ったのだ。

だが、北条の役目は既に終わっている。もう事態の進行を黙って見守るくらいしかすべきことはない。そのため彼は席を立つことなく、鶴橋との会話を続けた。

「さて、貴様が心配している今後のことだ。相手があることとはいえ、今後の展開についてはある程度の予測は付いている。それについての解説が必要か？」

「国と国の諍いはカードゲームに似ていると理解しているが――面倒でなかったら説明してくれ」

鶴橋がぶっちゃけた解釈を口にすると、北条は笑いながら頷いた。

「カードゲームとは言い得て妙だな、実際その通りだ。外交交渉――その延長としての実力行使も含めて、トランプゲームの『大富豪（大貧民）』に例えると理解がしやすい」

北条はまずルールの確認から始めた。

大富豪とは、四種類のスート五十二枚にジョーカー一枚を加えて参加プレーヤー達に均等に配布し、場に一人ずつカードを捨てていき、手札が最初になくなった者が勝者として上がれるというゲームだ。

ただし、場に捨てることが出来るのはシーケンス冒頭に出されたカードより優位なカードのみ。

カードは正常時だと『2』がもっとも優位にある。つまり強い順に2、A、K……以下暫時数値が減っていき、最劣位が『3』だ。特定のカードを集めた者が『革命』と称して提示するとこれが逆転することもある。

さて、カードの捨て方だが……

そのシーケンスで最初にカードを捨てる者が、その後の流れに縛りをかけることが出来る。

縛りには『単独一枚』。あるいは『同じ数字のペア、スリーカード、フォーカードという組み合わせ』または『同じマークの連番（ストレート）で三枚、四枚という組み合わせ』が考えられる。

続くプレーヤーは、その縛りの範囲で、先に出されたカードに優越するカードを出すことが出来る場合に限って、カードを捨てられるのだ。

もし、場に出されたカードよりも強い手札を出す者がいなければ、積み上げられたカードの山は流されて、そのシーケンスは終了する。そして次のシーケンスは、前シーケンスで最後にカードを出していた者から始まるのだ。

――このゲームで得られる教訓は、相手が出してきたカードに合わせて対応していては主導権は得られないし、勝利も掴み得ないということである。場に捨てるカードの数値が漸次(ぜんじ)エスカレートしていくという流れを断ち切り、相手に次のカードを出すことを躊躇(ためら)わせなければならない。そして次のシーケンス、更に次の次のシーケンスで主導権を掴み続けるのだ。

そのためには、優れたカードを揃(そろ)えることが肝要となる。しかしそれと同じく大切なのは戦術だ。

『公船の接続水域への滞在』『領海侵入と長期滞在』『日本の民間漁船を追跡』『日本が領海と主張する海域で、漁船を操業させ、あえて海上警察が取り締まる』というのは劣位カードを一枚ずつ切っていくようなもの。

そこで北条は鶴橋に問いかけた。

「だとしたら、我が国の打てる手は何だと思う？」

「海上保安庁を出す、の次なら、自衛隊艦隊を出すことだろ？」

「それは相手が出してきた『6』のカードに対して『7』を、『8』のカードに対して『9』を切っていくようなものだ。主導権を奪うには、相手の出したカードの数段上位の、しかも相手の意表を突くようなカードを切っていかなければならない」

「それは一体どんなカードなんだ？」

するを北条はニヤリと微笑んで言った。

「それは、こいつだ」

＊　　＊

「運転用意！　はじめ！」

狭い艦内にすし詰めに並んだ水陸両用戦闘車ＡＡＶ７のエンジン音が一斉に鳴り響き、ディーゼルの排煙が瞬く間に車両甲板（かんぱん）内に充満していった。

「各車、建制順にウェルドックまで前進せよ」

水陸機動団第一連隊上陸隊の要員達を満載したＡＡＶ７は、海上自衛隊輸送艦『しもきた』の艦内で後部へと進み始めた。

ほぼ同時に『しもきた』後部のハッチ、スターンゲートが開いてウェルドック内は海水で満たされていく。

ハッチが完全に開いて見えてきた東シナ海は、青空がごとく蒼く透き通っていた。

第一連隊上陸隊第四中隊長は、これから進み出ることになる海面の波がやや高いものの、ＡＡＶの許容範囲であることを目視で確認した。

通常「連隊」は、実際に作戦行動をする際に、機甲や特科といった様々な職種の部隊をその隷下（れいか）に置いて「戦闘団」となる。しかし水陸機動団ではまったく違っていた。戦闘できる編成を完結させた彼らは「連隊上陸隊」と呼称されるのだ。

「リクエスト・グリーンウェル、フォウ・デパーチャー！」

中隊長が無線機を通じて『しもきた』の管制に呼びかける。すると『しもきた』艦長からのＧＯサインが出たことを報せるグリーンランプがウェルドック内に灯った。

すると同時に、ウェルドック後方のキャットウォークにいる海自管制員が、赤の棒を引っ込めて緑の棒を振る。

ＡＡＶ７は誘導されながら一両ずつ前進を開始。スターンゲートから海へと飛び込んでいった。

＊　＊

人民解放軍海軍航空母艦『山東（さんとう）』

『山東』の艦隊中央指揮所では、作戦司令員の趙支仲中将と、今次作戦に参加する海・空人民解放軍司令員と参謀、そして政治委員達がテーブルを囲み、状況の推移を見守っていた。

『日本側海上保安庁の船団が突如、散開しました！　海上民兵の漁船団と衝突せず、素通りさせてます！』

モニターには、突如として左右に分かれていく日本国海上保安庁所属の巡視船団の姿が映し出された。

「何だって⁉」

「どういうことだ」

どよめく参謀と政治委員達。

そこに更に驚くような報告がもたらされた。

『『くにさき』『しもきた』『おおすみ』の三隻から、水陸両用車が出ています！』

「映像は入るか⁉」

「少しお待ちください。入りました！」

すぐに上空のドローンから映像が入った。それによって報告が間違いでも何でもないことが理解できた。

「どうなってるんだ？」

「日本人は何を考えている⁉」

人民解放軍側は、この段階でこんなことになるとは想定していなかったのである。

当初の予想では、海上民兵が島に上陸しようとするのを、日本の海上保安庁が妨害してくるはずであった。

そこで人民解放軍は、自国民の保護を理由に海警を出し、海上保安庁の船の針路に立ち塞がらせる。そうして正面から睨み合いをしている間に、海上民兵達が上陸するという段取りだった。そこで中華人民共和国政府は、日本に対して外交交渉を要求するのだ。

もちろん、日本国内、政府内にいる親中国派の政治家、著名人、マスコミを総動員して「戦うべきではない」「争いは避けて話し合え」と盛大に宣伝し、圧力もかける予定であった。

もし、ここで日本側が話し合いに応じるなら、海上民兵は島に滞在する時間を稼ぐことが出来る。状況によっては、補給や物資の搬入などを行い、恒久的な実効支配を目指すことも可能となるはずであった。

もしも日本政府が話し合いを拒否し、海上自衛隊を前面に押し出してくるなら、人民解放軍も東海艦隊を前進させて正面対峙する――

戦火はギリギリまで交えない。常に、日本が事態をエスカレートさせたのだという言い訳でごり押ししていく。そうすれば、米軍も介入できないはずなのだ。

しかし、である。

海上保安庁は漁船団の針路から立ち退いて漁船団を素通りさせた。まるで島に上陸してくださいと言わんばかりだ。これでは海上警察が介入する口実にならないし、攻撃する理由にもならない。シナリオはのっけから狂い始めたのである。

すると政治委員の丁玉愛（ていぎょくあい）が厳しく言い放った。

「いや、何を躊躇う必要がある！　日本軍が魚釣島に上陸しようとしているではないか!?　これは我が国の領土への明確な武力侵攻と言えるはずだ！」

「そ、そうです、司令員。直ちに攻撃すべきです！」

参謀や政治委員達は口々に言った。

「いや、しかし……」

だが、趙支仲司令員は彼らの意見には頷けなかった。

それでは、外交交渉の次元をすっ飛ばしていきなり武力行使の段階に踏み入ってしまうからだ。

もしここで攻撃をしたら、最初に発砲したのは中国側ということになってしまう。

「人民解放軍は、平和的解決を志向してきたのに、悪辣にも日本側が先に発砲した」という言い訳が使えなくなってしまうのだ。もちろん、米軍もたちどころに介入してくるだろう。

それに当該海域には、海上民兵の乗った漁船団がいる。

彼らは民間人のふりをした軍人だが、表向きは民間人となっている。

だからこそ、海警による保護が必要だという言い訳が使えるし、軍が介入する理由にもなる。なのに彼らを巻き込むような攻撃を人民解放軍が行ったら、批判されるのは人民解放軍なのだ。

「躊躇う必要はない。先に日本から仕掛けてきた、で押し切ればよいではないか!?」

「いや、いくら何でも無理です。現在この周辺の状況は、日本と米国政府がネットニュースを通じて実況中継しているんです」

指揮所内でコンソールを操作していた士官の一人が言った。

彼の前にあるモニターには、ネットのライブ中継がそのまま映し出されていた。どの船がどこの所属か視聴者にも分かるよう解説までされている。

「いっそのこと、海上民兵を引き揚げさせたらどうだ!? 敵軍が島へ上陸したのを理由に奪還作戦を行うんだ!」

「いや、国際社会は、まだ尖閣は日本が実効支配していると見ている。軍を上陸させたからといって、それに対する攻撃を正当なものとは認めません」

「国際社会など気にする必要はない。力ずくで事を運べばいい」

「それはマズい。アメリカの武力介入を招いてしまう！」

上空では、中国空軍と日本の航空自衛隊戦闘機が牽制し合っているが、それに米海軍の戦闘機が交じり始めたという報告が入った。

レーダーには映っていないのだが、現場のパイロットからの目撃報告が入っているところから察するに、Ｆ３５Ｃ。ステルス艦載機だ。

「では、このままか？　このまま何もしないで傍観するというのか⁉」

「いや。海上保安庁が道を空けてくれたのなら、このまま進めばいい。海上民兵を上陸させよう」

政治委員の一人が言った。

「ふむ。先に上陸した自衛隊は、彼らに銃口を突きつけて逮捕拘禁しようとするだろう。それが我々の介入する理由となる。これに加えて、我が神聖なる領土への武力侵攻。この二つの理由があれば、国際社会も文句は言うまい」

「いささか苦しいが、それで押し通すしかないか……」

「でも、海上民兵はどうなるんでしょう？　彼らは丸腰ですよ。それで完全武装の敵に向かっていくんですか」

「だからこそ、我々が介入する理由になる。それに相手は日本人だ。手荒な真似はしない。せいぜい人道的に扱ってくれるだろうさ」

政治委員のこの冗談とも本気とも取れる言葉には、趙支仲司令員も参謀達も取り繕ったように笑うしかなかったのである。

＊　　＊

中国の海上民兵組織に所属する漁船団の船は、一群の塊となって前進を続けた。すると日本の海上保安庁の船が左右に分かれて道を譲り始めた。それを見た彼らは、自分達の毅然とした態度に、日本人は驚き怯えたのだと理解した。

「奴ら腰抜けだぜ！」

「へなちょこめ！」

巡視船とすれ違う際、彼らはこれ見よがしに紅の旗を振った。そしてこれ以上ないというほどの大声で、日本人達を揶揄嘲弄して自らの威勢を誇ったのである。

「日本鬼子！」

「小日本！　悔しかったらかかってこい！」

すると彼らに併走するように、海上保安庁の高速巡視艇が舷を寄せてきた。

乗り込んでくるつもりかと身構えたが、必要以上に近付いてこない。ただ、スピーカーを通じて何かを告げていた。

「何か言ってるぞ！」

「どうせ、いつも通りの抗議さ。気にするな」

耳を澄まして聞くと、何かの警告らしい。高速巡視艇の側面に置かれた電光掲示板には、簡体字のメッセージが流れ出した。

「えっと、『ここから先は日米合同訓練の演習海域に指定されている。危険だから離れるように』だってさ」

「ほほう、奴らもそれなりに考えてきたな」

「どういうことだ？」

「要するにだ、砲弾や銃弾が降ってくる射爆場に紛れ込んできたのは俺達だと言うつもりなんだ」

実際、尖閣の島の一つは米軍の射爆場として管理され、訓練に使用されてきた実績がある。他の島も既に国有地であるから、訓練用の施設として用いたとしても何ら不都合はない。

「俺達は丸腰だぞ、それでも撃つっていうのか？」

「だから警告してるんだろ」

程なくして予告が事実であることが証明された。

少し離れた所にいる『おおすみ』『しもきた』『くにさき』の全通甲板が白煙に包まれたのだ。

大きな白煙の中から、青空を背景に、真っ直ぐ一筋の噴煙が線を作った。

それが向かう先は、尖閣諸島魚釣島だ。噴煙は絶え間なく続いて一条や二条では済まない。無数の噴煙が島に向かって次々と放たれていく。

漁民を装っているが、その実軍人である彼らはその火器が何であるかすぐに理解した。

「ＭＬＲＳだ」

陸戦で用いられるロケット兵器を、自衛隊は輸送艦の甲板にずらりと並べ、対地攻撃に用いているのだ。

本来、ＭＬＲＳは非常に重く、『おおすみ型』の輸送艦に載せたとしてもエレベーターで全通甲板にまで持ち上げられない。しかし陸上自衛隊は、ＭＬＲＳからロケットを発射するのに必要とする部品以外をことごとく外して軽量化を図った。ドアも、窓ガラスも、椅子も、外せるものは全て外した。そうやって輸送艦の甲板上にずらりと並べたのである。

「あ、あそこに上陸しろっていうのかよ？」

海上民兵達はくびりと唾を呑み込んだ。

これから自分達が上陸しようとしている魚釣島が爆煙に包まれている。少し遅れて聞こえてくる爆音は、ずしりと腹に響いた。

海上民兵達は兵士である。党に忠誠を誓ってもいる。しかし人間であるからには、恐怖心もある。つい先ほどまでの威勢のよさは吹き飛んでしまった。

「なあ、俺達が上陸したからって、日本鬼子が攻撃をやめてくれると思うか？」

民兵達は、幾つも幾つも飽きるほど乱造された反日戦争ドラマを思い浮かべた。

それらに描かれる日本人は基本的に悪党であり、血も涙もない殺人鬼だ。たとえ丸腰の女子供だろうと、笑いながら殺す。当然、自分達に温情などかけるはずもない。

「くっ……島に上陸しろというのが上からの命令だ。だったら行くしかないだろう」

民兵達の司令員が告げた。

「俺達が死ねば、それを理由に党は日本に対して有利に立ち回れる……ってことか」

「そのために、俺達は死ねってか？」

「……」

さすがに海上民兵も震えた。

兵士であるからには、敵と戦って倒れることも覚悟している。しかし武器を携えて敵に向かっていくのと、弾が飛んでくるところへただ死ぬために飛び込むのとでは、本質からして違うのだ。

前者は懸命に戦って敵を倒せば生き残れるかもしれないが、後者はただの運試し、度胸試しでしかない。しかも、本国のお偉方は、自分達が犠牲になることを望んでいる。

これでは、命令と言われても納得できるはずがないのだ。

とはいえ、海上民兵の漁船団は更に前進を続けた。

全員、軽口はもう叩けなくなっている。爆煙に包まれた島が近付いてくるのをただ黙って見つめているだけだ。

エンジンの音、漁船の舳先（へさき）が波を切る音、舷を接した僚船との鉄材が擦れる音が絶えず聞こえる。しかし皆が神経を研ぎ澄ましていて、誰かの唾を呑み込む音すらも聞こえてきそうだった。

ふとその時、楔形の塊を作っていた船の一隻が、突如として速度を落とした。

「お、おい、速度を落とすな！」

　司令員が叫ぶ。

　だが、返ってくる返事は「機関の調子がおかしい」というものだった。

「ど、どうした!?」

　やがて船の群れから脱落して、後方に位置する船を巻き込んで少なからず混乱を引き起こした。

　海上保安庁の巡視船との激突に備えて、左右の船と舷を接して進んでいたのが禍したのである。急減速した仲間の船と、車間距離ならぬ船間距離を取っていなかったため、正面から激突してしまったのだ。

　漁船の船体が、衝突に備えて、鋼鉄製でやたらに重く、また丈夫に作られていたことも禍した。船同士の激突で乗組員達は甲板に投げ出されて転倒してしまったのだ。

　慌てて舵を切り辛うじて避けた船、隣の船に衝突した船、何とか避けたものの大きく針路から外れてしまった船などは大混乱を起こし、交通事故に例えれば多重玉突き事故のような現場となっていた。

　これで海上民兵団約百隻の漁船団の三分の一が脱落した。

「大丈夫か!?」

「沈む船はなさそうです！」

司令員の問いかけに、見張り員が答える。

「そうか⁉　ならば我々はこのまま前進する。落伍した船には、後から付いてこいと伝えろ！」

「了解」

もともと海上保安庁の巡視船と激突すれば、半分以上は脱落するだろうと考えていたのだ。

この程度の損害は想定内。海上民兵の司令員は前進を決断した。

しかしその時、今度は司令員の乗った船まで速度を落とし始めた。

「何をしているか！」

司令員の鋭い声を浴びて、操舵手（そうだしゅ）が慌ててスロットルを上げる。しかしエンジン音は上がるのに速度がまったく上がらないのだ。

「一体どうした？」

「き、機関の調子が！」

すると、機関長が悲鳴を上げ始めた。

「どうした⁉」

「エンジンが異常です！　オーバーヒートしそうになっています！」

「何だと⁉」

同様の現象が、他の船でも起きている。集団から一隻、また一隻と落伍する船が出てきた。もちろんそれらに巻き込まれて激突する船、集団から落伍する船も出てきている。

「一体、何が起きてるんだ⁉」

上空のドローンからその様子を眺めると、大きな船の塊から、小さな船が一隻ずつ剥がれ落ち、塊がどんどん小さくなっていくように見えた。そしてついに、海上民兵の漁船団は尖閣諸島魚釣島の手前で完全停止し、海上に漂うことになったのである。

前進する力を失って海に漂う海上民兵団。

そんな彼らの目前に、陸上自衛隊の十五機のオスプレイが降下してきた。

まさか攻撃してくるのかと思われたが、オスプレイは後部ハッチを開けると、海面近くでホバリングしつつ、ＣＲＲＣと呼ばれる黒色のゴムボートを泛水（船を海面に降ろすこと）させる。そして間髪容れず、完全武装した水陸機動団の要員達が足ひれを手に掲げながら、入水していった。

海に降りた要員達は、たちまちＣＲＲＣに乗艇していく。そして全員が乗り込むと、海上民兵団の鼻先を掠めるようにして艇列を組んで島へと向かった。

水陸機動団の隊員達は、銃を手にしている。それだけでなく無反動砲や軽迫撃砲を抱えていた。まるでそれらを海上民兵達に見せつけているかのようである。

「ちっ、くそっ！」

「先に行って待ってるぞということか！」

想定では、海上民兵の相手は海上保安庁や警察官からなる文民のはずだった。だからこそ、丸腰の活動家のふりである。しかし相手が完全武装の兵士となれば、話は違ってくる。上陸した途端、何もしないうちに銃口を突きつけられてしまっては手も足も出ないのだ。

迂闊に抵抗すればどうなるか——

人間は自分の価値観、思考習慣に沿って相手のことを想像するものだ。つまり、人民解放軍の軍人は、相手が非武装の民間人でも平気で射殺する。六四天安門の時のごとく、それを当然と考えている。だからこそ、自分達もそうされると考えてしまう。

「日本が軍事演習している中に突っ込めと言ったり、完全武装している敵が待ち構えるところに進めと言ったり、聞いていたのと全然違う！　総司令部は、これから一体どうするつもりなんだ？」

海上民兵団の司令員は、部下達が動揺する姿を目の当たりにすると、苛立ちを隠さずに舌打ちしたのである。

『くにさき』など輸送艦の甲板に並んだMLRSの砲撃が終わった。

すると、水陸機動団のCRRCの群れは、海面に水飛沫を上げさせながら更に加速すると、先行しているAAV7の列を追い越すようにして魚釣島へと向かった。

この「演習」は、敵が占領している島に強行上陸するという想定だ。

MLRSの苛烈な砲火によって、島を占拠する仮想敵は多大なダメージを受けた。しかし最終的には、水陸機動団が大地を踏みしめなければ島を奪還したことにはならない。だからこそ彼らは身を挺して上陸するのである。

既に先行して上陸していた洋上斥候が、上陸地点で合図を送ってきている。その合図を頼りにCRRCは浜へと乗り上げた。

完全装備の自衛官達が、海水を蹴って次々と上陸していく。

荷物を下ろし、ボート底に溜まった海水を捨てて陸揚げする。それらの作業は、これまでに何度も何度も繰り返してきたため、整然と流れるように行われていった。

ほぼ同時刻に、ＡＡＶ７の一隊は魚釣島の東南東方向に位置する南小島にも上陸を開始した。

この島には、浜から続く平面な土地がある。そこにＡＡＶ７は直接上陸した。

水陸機動団の隊員達は、尖閣の島々が日本国の領土であり実効支配していることを、その大地を踏みしめることで証明したのである。

この時、『山東』の艦隊中央指揮所は、若干の混乱を見せていた。

海上民兵の漁船団が目標を目の前にして突然停止した理由が分からないのだ。

もし日本からの攻撃が原因ならば、軍事介入の理由になるが、原因が分からないのではそれすら出来ない。

「一体何があった⁉」

「わ、分かりません」

「すぐに調べさせろ！」

「現地の司令員からの報告です。乗組員が海に潜って異常の原因を調べたところ、船のスクリュープロペラに何かが巻き付いているようです」

「報告はもっと正確にしろ！『何か』とは一体何だ？」

「現地の映像が入ります」

すぐに指揮所の大モニターに映像が映し出された。

すると、乗組員が白い物体を抱えてカメラの前に差し出していた。

「何だ、これは？」

「イソギンチャクか？」

「いや、クラゲでは？」

イソギンチャクにしてもクラゲにしても、画面に映っているのは、人間が抱えねばならないほどの大きな物体。東シナ海や日本海で漁民を苦しめるエチゼンクラゲなどは数メートルほどの大きさになるというから、そういったものが漂っていたとしても不思議ではない。

「あれは一体何だ？　すぐに報告しろ！」

『生き物ではありません。触ってみたら、何かの細い繊維を束ねた人工物でした。これが船のスクリュープロペラに大量に巻き付いて回転の邪魔をしてるんです』

漁港などでは、海面に浮かぶロープなどが漁船のスクリュープロペラに巻き付いてしまう事故が時たま起こっている。

スクリュープロペラが回転しなければ、船は推進力を得られない。前に進めなくなってしまうのだ。もしプロペラシャフトに何かが絡んでいることに気付かず強引にエンジンの回転数を上げれば、プロペラが破損するかエンジンがいかれてしまうだろう。どれほど高性能な船でも、エンジンやスクリュープロペラが壊れたらただの漂流物と化してしまうのだ。

「こんなもののために立ち往生していたら、作戦も何もなくなってしまうぞ！　すぐに修理させろ！」

「プロペラに何かが絡まったというのなら、逆回転させれば外せるんじゃないのか？」

『ロープと違って、こいつは細い繊維の集まりなので、絡み方も複雑です。逆回転させても外れる気配がまったくありません！』

「だったら手を使え！　海に潜って手で外させるんだ！」

通信を終えると、幕僚達は罵った。

「くそっ！　漁具を平気で海に捨てる漁民の奴らめが！」

「ったく、困った奴らだ。海にゴミを捨てることを規制しないといけませんな！」

しかし政治委員の一人が言った。

「本当にゴミか？　海に浮遊していたゴミが、全ての船に、ほぼ同じタイミングで引っかかるなんてことが起こり得るのか？」

もちろん、その確率はもの凄く低い。つまり、人為的なものである可能性がとても高いのだ。

海上民兵達は作業員を潜らせて、漁船のプロペラに巻き付いたそれを取り除こうとしていた。

だがその繊維は異様に強靱で、手で引き千切れないばかりか、ナイフすらも受け付けなかったのである。

「だ、ダメです。いくらやっても取れません」

泣き言を言う部下に、苛ついた司令員が自ら海に潜った。

「ナイフを貸せ。俺がやってみる」

大きく息をして、船体の下へと潜る。すると船底にスクリュープロペラがあって、その周囲に白い毛玉状のものが巻き付いていた。

部下の報告通り、引っ張っても毟れないし、ナイフで切り裂くことも出来ない。そこで、プロペラシャフトと繊維の隙間にナイフの切っ先を強引にねじ込もうとしてみた。

しかし、どうやっても切れなかったのである。

「あつっ」

ついには力を入れ過ぎて、自分の手を切ってしまった。

そして思わずナイフを取り落としてしまう。ナイフはその重みにより吸い込まれるように海底へと落ちていった。

「ちっ、くそっ！」

手を押さえながら海面に浮上する。船上から心配そうにこちらを見ている部下に告げた。

「誰か代わりのナイフを寄越せ。俺のは落としてしまった」

「司令員。お怪我が……」

見れば手の傷から鮮血が零れ落ちていた。

「こんなのはただの掠り傷だ。大したことはない。誰か、替えのナイフを寄越せ！」

「ほい。落としたで」

「おおっ、助かった」

司令員は、傍らから何気なく手渡されたナイフを受け取る。そうしてもう一度海面下に潜る。そこで海中の景色を見渡して初めて、自分にナイフを渡してくれた存在に気付いたのである。

「な！」

潜った彼の周囲には、上半身が裸の女、下半身は魚という人魚がいた。

しかも一人や二人ではない。三人、四人、五人、六人……彼女達は自分の存在を見せつけるつもりなのか舞うように泳いでいた。

「に、人魚……だと？」

「くすくすくすっ」

その人魚達は、指揮官を取り囲んで揶揄(からか)うように微笑む。そしてしばらくすると、海の奥深くに滲むように姿を消したのである。

『山東』艦隊中央指揮所

『人魚です。人魚が出た！』

指揮所に、海上民兵漁船団の司令員の叫びにも似た声が響いた。

「ば、馬鹿を言うな。人魚なんているものか！」

「おおかたジュゴンか何かを見間違えたんだろう。そんなことより、すぐに修理して作戦を再開しろ！」

『無理です！』

「何故だ」

『プロペラに巻き付いてるのは、普通の繊維ではありません』

『明らかに特殊繊維です！　日本側が我々の針路上に意図的にばら撒いたとしか思えません！』

正解であった。

彼ら海上民兵漁船団を足止めしたのは、アラミド繊維の束であった。

作戦に関わった海上自衛官達は、それを『クラゲ』あるいは『ポンポン』と呼称している。

『ポンポン』と呼ぶ理由は、チアガールが使うそれに非常によく似ているからだ。しかもそれを操るのは、特地の海から招聘したアクアスの人魚達。彼女達が両手にそれを持つ姿はまさしくチアガールそのもので、故にこの作戦はチアリーダー作戦、略して『チア号作戦』と呼ばれているのだ。

ちなみにこの作戦、本来は海中の自律型ドローンが実施する予定だった。しかし海中ドローンの開発が遅れて配備が間に合わなかったのだ。

別に海中ドローンでなくても、海上保安庁の高速巡視艇やモーターボートで漁船団の鼻先を進みながら海にそれらを投げ込んでも、十分機能を発揮できた。あるいは、地引き網のごとき長さ一キロに亘るロープにこれらを紡いで、漁船団の針路に散布するという方法も考えられた。しかし海上民兵の意表を突くためにも、何が起きているか分からないほうがよいとされ、この作戦の実施は特地の海棲亜人種たる彼女達に託されたのである。

ケミィ達は、海上民兵の漁船が島に近付くと、海中から漁船団のスクリュープロペラに向けてこれを投げつけた。

「えいっ！」

「えいえいっ！」

一部の漁船では、プロペラスクリューにロープなどが絡んだ時に備えてロープカッターを装着している。しかし常時海に浸かっていれば、そんな刃も錆びて、海藻や貝などの海棲生物が付着して鈍になってしまう。それでは、アラミド繊維の束は断ち切れないのだ。

その上、海上民兵達の脳裏には、このまま船が進まなければ完全武装した敵が待ち構える島に上陸しないで済むかもという思いも生まれていた。たとえ共産党に無二の忠誠心を抱いていたとしても、死ねと言われるのと同義の命令を受けては、スクリュープロペラに巻き付いたそれらを取り除く作業に熱心になれずとも仕方がないのだ。

『どうした？　事故ならば救助するが。救援が必要か!?』

その時、海上保安庁が、突然停止した海上民兵の漁船団に近付いて呼びかけてきた。

いけしゃあしゃあと呼びかけてくる日本なまりの北京語に、海上警察の司令員は怒鳴り返した。

「不要である！　ここは中華人民共和国の領海であり、海警が救助活動を行う。日本の船は近付かないように！」

『ここは日本国の領海である。日本国が警察権を行使する』

こうして、海上警察と海上保安庁の睨み合いが、中国側の意図したものとはまったく異なる形で始まってしまったのである。

＊　＊

人民解放軍総参謀本部

全世界に向けて流される映像を見て、魏海軍中将は全身の震えを抑えることが出来なかった。

屈辱と怒り、そして焦燥感が渾然一体となっているのだ。顔も真っ赤だ。歯までギリギリと音を立てているのが聞こえてくる。

「どうするね？　魏海軍中将」

剛総参謀長は、正直いい気味だと思わなくもなかったが、このまま黙って見ていることも出来ないので問いかけた。

すると魏中将は振り返り、指揮所の幕僚達に告げた。

「『山東』に命令しろ。魚釣島と南小島に上陸した日本軍を攻撃しろと。全力で攻撃するんだ」

さすがにそんなことをしてしまっていいのかと思ったようで、幕僚達は動きを止めた。

葉志明(しめい)は、頭を振って告げた。

「そんなものは、作戦と呼べるものではありません」

日本のように、世界に対して強い影響力を持つ国との諍いは、慎重に事を運ばなくてはならない。

インド兵と係争地で殴り合う事件を起こして死傷者を多数出したり、南シナ海で他国の漁船に体当たりして沈めたり、国際会議の場で突如としてブータン領内に領土主張を始めたりといった乱暴で粗雑なやり方は通用しないのだ。

小さな既成事実の積み重ねによって、米国が介入する口実を丁寧に潰していかなくてはならない。しかし今回はそれに失敗していた。海上民兵が島に上陸できなくなったのだから、その時点で後退を命令しなければならないのだ。

国家主席から通信が入った。

『現場の様子は見させてもらった』

総参謀本部指揮所のモニターに、薹主席の姿が映し出される。

「申し訳ありません。失敗しました」

剛総参謀長が、姿勢を正して答えた。

すると魏海軍中将は血相を変えた。

「いえ、我々はまだ失敗していません！　まだ終わった訳ではない。まだ挽回できる。ちょっとした手違いで予定が狂っているだけです！」

しかし薹主席は冷徹に告げた。

『魏中将。今回の作戦はこれで終了としたまえ。機会はまたある』

「またとはいつのことですか⁉　来年ですか、五年先ですか⁉」

『私としては、十年先だって構わないのだよ』

「それでは私も、海軍の者も皆納得しません！」

『君達海軍閥の納得など、私は必要としない。そもそも私は、今回の作戦を日本の意思を確認するために企図した。そして日本には、我が国に与する意思はないと知れた。それで十分な成果なのだ。なのに君達は、私の作戦に余計なことを付け加えた』

「そ、それは美国の悪辣な陰謀で……」

『戦功を求めようとする焦りを見透かされたからつけ込まれたのだ。自分達の都合で始め、自分達で失敗したのだから、そこから生じた憤懣を私に向けるなど、実に烏滸がましい』

「…………」

　言葉を失ってしまった魏海軍中将に代わり、剛が尋ねる。

「どのような幕引きの仕方をいたしましょうか？」

『何もなかった。我が中国は、違法な抗議活動を行おうとした漁船団を、『我が国の領海内』で拘束することに成功した。そのようにすれば、幕引きも綺麗に出来よう。日本国内での政治工作は、随分と後退することになるが致し方あるまい。時間をかければ、修復できる。それは政治工作の次元の問題だ』

「了解しました」

『軍における後の処置の一切は、剛総参謀長、君に任せよう』

「はっ、お任せください。任期の最後まで総参謀長職を務め上げてご覧に入れましょう」

『そうか、君はもうじき退官するのだったな。では君の後任人事については、君から意見を貰うことにしよう。君が安心して後を託せる者のリストを上げてくれ』

すると、魏海軍中将が口を差し挟んだ。

「次の総参謀長は、我々海軍から選ばれるのではなかったのですか！」

『今回の失敗を見ると、海軍閥出身者に総参謀長の職を与えるのは時期尚早のようだ。ここは口ばかり勇ましい者よりも、慎重な姿勢を引き継ぐ者が望ましい』

「はっ、光栄です」

剛総参謀長は姿勢を正して敬礼する。

すると、薹国家主席は軽く頷いてモニターから姿を消す。これにて作戦は終了。剛総参謀長も葉補佐官も、その他の幕僚達も次々と指揮所から退出していった。

一人残される形になった魏海軍中将だけが、その場で下を向き、拳を震わせていたのだった。

10

特地／アトランティア・ウルース

カナデーラ諸島にて、近衛艦隊壊滅。

その事実をアトランティア・ウルースの人々が知ったのは、出来事から三日後であった。

王城船の布告官が民を集めて高らかにその事実を伝えた訳ではない。だが、命からがら帰港した残存艦を見れば、誰だって理解できた。甲板は揚収(ようしゅう)した水兵達で一杯で、どの船もボロボロになっていたのだから。

そしてその僅か五日後。アトランティア・ウルースから見て東の水平線上に、アトランティア軍のものではない軍船が姿を見せた。これまでだったら決してなかったことだ。シーラーフの軍旗を掲げるその快速艦は、アトランティアの様子を窺うように近付いた。

もちろん、アトランティア海軍も黙って見てはいない。近衛艦隊のアトロンユ大提督がイザベッラ号を指揮して邀撃に向かった。しかし、シーラーフの船はそれを恐れる様子もなく、距離を取ったまま、アトランティア・ウルースを一周して去って行ったのだ。

これまで見ることのなかった敵の影がすぐそこまで近付いたのを見て、アトランティアの人々は実感した。アトランティアの海軍力は、もうウルースを守れないほどに低下したのだ、と。そしていよいよ七カ国連合艦隊による全面的な攻勢が開始されるのだ、と。

「アトランティアも、もうお仕舞いだ……」

「余所者の女王（ハーラム）がやらかしたからな。アヴィオンの国々はきっと容赦しないぞ」

「そんな⁉　それじゃあ俺達はどうなるんだ？」

「陥落した城都の住民の運命なんて決まってる」

勝者は、負けた人間をどのように扱ってもよい。略奪も暴行も、虐殺すら思いのままというのがこの世界の常識で、それは「勝者の権利」と呼ばれている。

実際、彼らも海賊として振る舞う時はそのような原則に従ってきた。自分達が敗者になった時だけ別の倫理観を持ち出してことさら訴えるのは、ご都合主義に過ぎるだろう。

「で、でも、女子供は違うだろうよ⁉」

「奴らはそう考えない。捕まって奴隷として売られる」

「それなら、すぐにでも帆を上げて逃げ出さないと！」

「そうだよ。解纜（かいらん）して、ウルースから逃げ出そう！」

ウルースは船と船とを鎖で繋いで作り上げた人工の浮き島だ。鎖を外してしまえば、それぞれの船主は好き勝手なところに行くことが出来る。アヴィオン七カ国連合軍の総攻撃からも逃れることが出来るのだ。

「だ、ダメだ……。俺は帆や索具（ロープ）を腐らせちまってる」

だが、船主の多くが頭を振った。

「帆や綱が腐る」とは、例えるなら、何日もバケツの縁に掛けられた雑巾や立てかけられたモップのようなもので、繊維が干からびてカチカチになっている状態をいう。もちろん生地が脆くなっているから、力が加わればすぐに千切れる。そんな帆や綱では、荒れた海の航海など不可能だ。

その時、新品の帆と索具を抱えた船主が通りかかった。

「お前達、まだこんなところでもたもたしてるのか？　早く店に急がないと、索具や帆がなくなるぞ。これがあれば、ウルースを離れられるんだぞ」

「そうか。ないなら買えばいいんだ！」

こうして船主達は、商人の元へと走ったのである。

だが当然みんなも同じことを考えるため、店の前には大きな人だかりが出来ていた。

さながらコロナ禍でマスクを買い占めに走ったアジア人転売屋がごとしだ。

「何でこんな値段なんだ！」

「普段の十倍だなんて、足下見やがって！」

あちこちから罵声や怒声が轟（とどろ）いていた。

「その値段でもいい！　帆をくれ！」

「索綱を百尋（ひゃくひろ）だ！」

「待て待て、そんなに在庫はないぞ」

「嘘を吐け、どこかに隠してるはずだ！」

人々は血相を変え、店主に掴みかかる勢いで迫った。

店主も店を守ろうと必死の形相だ。

「待て、放せ、乱暴をするな！」

「待ってられるか⁉」

興奮する人々は互いを押しのけ、掴み合い、ついには乱闘騒ぎとなった。

「ご覧よ、ドラケ、凄いことになってるよ……」

そんな様子を少し離れたところから眺めていた黒翼の少女オディールは、自分の船長に呟いた。

「どうりでお尋ね者のはずの俺達が堂々と上陸できた訳だ……」

傍らには、海賊ドラケ・ド・モヒートがいた。

彼はアトランティアのレディの呼びかけで、一度はアトランティアの海軍に属した。しかし軍隊の水が合わなかったのかすぐに離反した。そして脱走のついでとばかりに、女王(ハーラム)が囲い込んでいたパウビーノ強奪に加担したため、反逆の罪で手配されていたのだ。

なのにこうしてアトランティア・ウルースを大手を振って歩けている。

「もう、国としての何もかもが緩んでるんすよ」

航海長が周囲を見渡しながら言った。

見れば、あちこちに立っている警備兵も、乱闘騒ぎを取り締まろうともしない。

これまでいろいろな国に潜入して活動してきたドラケ一党も、こんな騒ぎを見過ごす警備兵に呆れ果てていた。

「士気と規律の低下はここまできた訳だ。いよいよこの国もお仕舞いってことだな」

独り言つ(ひとごつ)ドラケに、髭面の海賊が尋ねた。

「で……どうすんですか、お頭？」

「決まってるだろ？　俺達は俺達の仕事をする。俺達には金が必要なんだからな」

ドラケが手下達を率いて再びここに来たのは、もちろんシャムロックの依頼を達成するためだ。

「お前達、手筈は心得てるな？」

「もちろんでさっ！」

「よし。では行け！」

「ラーラホー！」

海賊達は、混乱の渦に包まれたウルースへと散っていったのである。

さて、アトランティア・ウルース全体がそんな状態にあれば、花街の妓楼船メトセラ号とて安穏としてはいられない。花街とは、美女や財宝の在処であって、略奪、暴行が目的の雑兵達にとって最初に目を付けるべきところなのだ。

おかげで不安に苛まれた娼姫やメイド達は、船内の各所で顔を寄せ合ってひそひそと話していた。みんな似たり寄ったりの情報しか持ち合わせていないはずなのに、誰かに話して誰かの話を聞かずにはいられない心境なのだ。

「聞いたかい？　東の海に、七カ国連合の艦隊が姿を見せたんだと」

「楼主はんが、慌てて帆を購(あがな)いに行ったのもそのせいやな」

「今から帆を買いに行った？　そんなんで間に合うん？」

「いくら何でも無理やよ。運よく帆が手に入ってウルースから逃げ出そうとした船は、片っ端から拿捕(だほ)されてるって噂やし」

ホントのことなど露ほども知らないくせに、ついつい知ったかぶりや想像で語ってしまうのは人間の性なのだろう。

「それじゃ、うちらはどうなるん⁉」

「拿捕された船に乗っていた者は、ことごとく奴隷にされてるそうや」

不安の蕾(つぼみ)を刺激し、もっともらしき嘘花を咲かせることに成功した人間は、ことさら饒舌になる。するとますます、根拠のない言説が不思議なまでに説得力を有して人々の心を支配してしまうのだ。

冷静になって考えれば、一体どこの誰がその現場を見てきたのかと疑問に思うはずだ。しかしパニック状態に陥った者は、なかなかそこには考えが至らない。ただただ絶望的な心境に陥って狼狽(うろた)えてしまうのだ。

「うあああああん、うちはあとちょっとで年季が明けるはずやったのに。もうお仕舞いや！」

船内のあちこちで絶望に囚われた女達が泣き喚いていた。

「きゃはははははははははははは！　この際だから、妓楼の美味いお酒全部飲んじゃえ！」

自暴自棄になって、自棄酒（やけざけ）を呑んで荒れる者までいた。

「困ったねえ。さっさと掃除済まさなきゃならないってのにさ。ちょっと、いつまでそんなところで呑んでるのさ。邪魔だから誰かこの酔っ払いを部屋に放り込んでおいてよ！　ホントにもう、うちは客商売なんだよ！」

一見冷静に振る舞っている風に見えるが、実はこういう者が最も質（たち）が悪い。「何も起きていない。今日も明日も、昨日と同じで変わらない」という現実の否認が、彼らを支配しているからだ。

そして無力感に打ち拉（ひし）がれ、ただ廊下の片隅に膝を抱えてしゃがみ込んで、ブツブツと言っている者の姿もある。

「……もうダメ。もうダメだわ」

危機的状況に置かれた時の様々な人間の振る舞いが、この妓楼船でも見られたのである。

そんな惨憺たる有り様となったメトセラ号を一通り見歩いた伊丹は言った。

「俺、何かこの雰囲気を見たことがある気がします。映画か何かだったと思いますけど……」

すると、江田島が頷くように言った。

「ああ、伊丹君が何の映画のことを指して言っているか私も分かったような気がします。カイデル、クレープス、ヨーデル、アンポンタンの四人を室内に残して盛大に詰り、ついに絶望へと至る名シーンのあるアレですね？　ヒトラーを演じた俳優は、実によい演技をしていましたね」

伊丹は、アトランティア・ウルースとの交渉を禁じられている。そのため、奪われた島は実力で取り返しますという通告を終えると、早々に王城船を退去したのだ。そして本来の目的であった江田島達との合流を果たしていたのである。

伊丹は周囲を見渡しながら言った。

「統括。来たばかりで何ですけど、ここは『なるはや』で退去しませんか？」

七カ国連合の攻撃は、いつ始まってもおかしくはない。特地では、都市攻撃が行われると人間の最悪とも言える獣性が発露する。そのため、伊丹の生存本能が盛大に「ヤバい。ここから逃げろ」と訴えていた。

「ええ。私もそうしたいと思っているのですけどねえ」

江田島も伊丹の意見に同意のようである。

「何か問題があるんですか？　ここに来た時の船はあるんでしょう？」

「ええ、ミスール号が波止場で待機しています。厳重な監視を受けていたんで近付くことも難しかったんですが、今なら混乱に乗じて出航するのも可能だと思われます。ですがね、ここに来て、チームの一員が問題を起こしまして……」

「問題？」

「メイベルさんですよ。妓女の部屋に立て籠もって、姿を見せません。まさか一人だけ残していくなんてことする訳にもいきませんからねえ。今、徳島君が対処に動いてます」

「メイベル……ああ、あの蒼髪の娘か」

ロゥリィと盛大に戦って敗れた新米亜神を伊丹は思い出した。

彼女の自由気ままな言動から察するに、突然姿を消すとか隠れるとかいった行動をしてもおかしくないように思われる。似たような連中と付き合っている伊丹からすれば、まったく人ごとではない。伊丹は徳島の苦労を思って天を仰ぎ見たのであった。

「カーリーの奴……ミスラをこんなにしちゃって、一体どうしてくれるのよ」

三つ目のレノン種であるセスラは、自室の寝台に横たわるミスラを心配そうに見た。

いや、正確に言うなら、横たわっているのはミスラの『抜け殻』だ。強大な邪神カーリーが身体に居座ったせいで、ミスラの魂は押し潰されてしまったのだ。

ミスラの身体を奪ったカーリーは、イスラに対し、ティナエ十人議員の一人の秘書となるよう命じた。もちろん、ミスラを人質にとられたら、刃向かうことは出来ない。

そうしておいて、カーリー本人は帝国から流れてきた貴族崩れの男と組んで、この国の裏から女王（ハーラム）を操ってきたのである。

唯一自由に振る舞えたのはセスラだけだが、そのセスラですら、妓楼船にいるのをいいことに何度も協力を強いられた。この国の重職者に接近して、様々な謀略工作を仕掛けるよう命じられたのだ。

一方からはシャムロック。一方からは女王（ハーラム）レディ。

双方を巧みに操ることで、アヴィオンの海は見事に荒れた。大勢がいがみ合い、争い、多くの財貨と人命が失われた。

しかし、カーリーにとってそれの何が得なのか。そもそも自分達に何をさせたいのか。

セスラは何度もカーリーに尋ねた。しかし返ってくるのは、「其の方らはカーリーの伝承を知らぬのか？　我が望むのは、破滅と絶望。それだけじゃ」という恐ろしくも漠としたものであった。

『神の本性に理由はない。嫉怨羨恨とその果ての絶望と滅亡こそが、本望なのじゃ』

まったく訳が分からない。滅びるのなら勝手に滅んで欲しい。周囲を巻き込むな。そう言いたかった。

『強いて言うなら、それこそが我が悦なのじゃよ。まあ、理解は求めぬ。そもそも其の方らに理解できるはずもない』

ただ自分に従えばいいという態度には、苛立つばかりであった。

「くっ……」

いくら呼びかけても、ミスラの魂は応えない。

口から出てくるのは、意味をなさない譫言ばかり。問いかけたところで感じられるのは、意味不明な思考の切れ端、霞がかかったような意識の澱みでしかない。

しかも、ミスラをこんな風にした張本人は、メイベルの身体を乗っ取ってどこかに行ってしまった。

おまけにメイベル不在を周囲に悟られないよう、誰に尋ねられても「ここにいる」と嘘を吐いておけとセスラは命じられていた。

残されたミスラが元に戻れるかどうかはカーリーの機嫌一つ。そう思ったら、セスラには逆らう術などなかったのである。

『どうしよう、イスラ。逃げ出そうにもミスラがこのままじゃ連れて行けないよ』

遠く離れたティナエにいるイスラの反応は、すぐにあった。

『いざとなったら、プリメーラお嬢様を利用すればいい。そこにいるんでしょう？』

『いるわ。今は三枚目の高級娼姫の看板を背負ってるわよ。酒を飲まなきゃ他人の目を見て話すことすら出来ないような娘が、どうにかこうにか悪戦苦闘しながらこなしてる』

『案外、あの娘、才能があったりして』

『王家の姫様が？』

二人ともくすっと笑った。イスラとセスラの精神は、常に同期同調している。二人は互いに相手が見て聞いて感じたことをリアルタイムで共有しているのだ。

イスラ、セスラ、ミスラの三人は産まれた時からそうしていた。そのため、魂はすっかり融合している。それぞれの肉体のおかれた境遇や体験が異なっていても、記憶や感情の動きに個体差はまったくない。個体ごとに立ち居振る舞いや言葉遣いが違ったとしても、それはその場その時に求められている役割に応じて振る舞っているだけ。だからこうして脳内で問答をしている時も、一応はその役割に則して会話をするが、本来はどちらがセスラで、どちらがイスラでという区別もない。言わば自問自答なのである。

『姫様のことより、わたし達のことよ。七カ国連合軍が攻め込んでくる前に逃げないと』

『それならもうしばらくは大丈夫。だってアヴィオンのお姫様が人質になってるんだもの』

『でも、お姫様はこの妓楼にいるのよ。人質になんてなってない』

『でも、七カ国連合はそれを知らない。シャムロックも知らない。みんな本物は王城にいると思ってる。だからこそ、七カ国連合はアトランティアの女王(ハーラム)に降伏するよう勧告しているのよ。人質を無傷で解放し、降伏せよってね……』

『交渉が成立するか決裂するかは分からないけど、とりあえずそれまでは大丈夫って訳ね？』

『そう、とりあえずは――ね』

その時、セスラの部屋の扉を叩く者がいた。不意の来客に、セスラは三つの目を瞬かせた。

「セスラ。メイベルはここにいる？」

『あ、ニホン人が来た』

来訪者は、徳島であった。

徳島は妓楼船メトセラ号が誇る美姫三枚看板の一人、セスラの部屋を訪ねた。

セスラは個室を与えられるなどかなりの厚遇を得ているが、徳島のほうもこのメトセラ号をウルース一番の店に押し上げた立役者として特別扱いを受けている。そのため男子の立ち入りが憚られる女性居住区にも、こうして堂々と踏み入ることが許されているのだ。

とはいえこんな危険な場所に一人で立ち入るほど、徳島も迂闊ではない。

何しろ娼姫達には、徳島をこのメトセラに引き留めるべく「たらし込め」という指令が出ている。そのためこの一見華やかそうな女の園も、徳島にとっては女豹が闊歩する危険なジャングル地帯なのだ。故に今回は、オデットとシュラの二人に同行というかボディーガードとしてついてもらっていた。

「まあ、今回はボクらが付き添う必要はなかったかもしれないけどね」

廊下の各所でめそめそと泣いている女達の様子を見てシュラは呟く。これでは、徳島を襲おうという気も起きないだろうと思われた。

その時、セスラの部屋の扉が開く。

「あら、ハジメ？　一体どうしたの？　もしかして、末期の思い出作りにわたしと色っぽいことでもしてくれるってことかしら？　いいわよ、貴方なら大歓迎。このわたしを最高の料理に見立てて、精一杯味わって欲しいわ」

セスラは艶っぽい笑みで、徳島の顎を指先で撫でた。

「違うよ。メイベルがここにいるんじゃないかと思って」

「メイベルなら、確かにいるわね」

その瞬間、セスラの三つ目が揃って右下を向く。徳島の強い視線から逃れようとするかのように。

「ちょっと彼女と話したいんだ。ここに呼んでくれないか？」

「ダメね。会わせる訳にはいかないわ」

「どうして？」

「本人が会いたくないって言ってるから」

「そう……なんだ」

徳島があたかも傷付いたかのごとく口ごもる。するとセスラはしてやったりと微笑んだ。

「あら、貴方の胸の内がざわめいているみたいね？　あの子がちょっと姿を見せなくなったら、自分の心に気付いたってことかしら？」

そんな言葉を浴びた徳島は、一転して揶揄された気分になった。

オデットも同じような感覚に囚われたのだろう。眦を決して、メイベルの部屋に押し入ろうとした。

「やっぱりメイベルの策略だったのだ！　姿が見えないからどうしたんだろって心配してたのに、損したのだ！」

しかしセスラは意地悪にも通してくれない。

「メイベル、話があるから出てくるのだ！　セスラ、ここを退くのだ！　通すのだ！」

「ダメね。神話にもあるじゃない。洞穴に閉じ籠もった女神を引っ張り出すには、男の側が相応の工夫と努力をしなきゃ。時には、血や汗を流す必要だってあるのよ」

そしてそれをするのはお前だとばかりに、セスラは徳島を見た。

「こんな状況でハジメに要求するやり方は卑怯なのだ!!」

オデットが室内に届くようにと叫ぶ。

「やめよう、ミスール」

するとシュラが、オデットの妓楼船内での偽名を呼びつつ彼女を止めた。

「でも！」

「彼女がここにいるって分かったんだから大丈夫さ。いざとなったら無理矢理踏み込んで引っ張り出せばいい。そうだろ？」

「あらあら、随分と剣呑なことを言うわね」

「悪いね、セスラ。けど、君は知ってるだろ？　いざとなったら、ボクもそれくらいのことをするってことは」

シュラが口にしたその時だ。セスラはシュラの手をはっしと握った。

「な、なに？」

「貴女、面白いこと言うわね」

「？」

「今はみんなが絶望してどうしようどうしようって嘆いている。なのに貴女達は、いざという時が来たら、メイベルをここから引っ張り出すって言っている。つまり、今はまだ『いざ』という時じゃないし、しかも『連れて行くべき安全なところがある』ってことでしょう？」

鋭いセスラの突っ込みを浴びたシュラは、チッと舌打ちした。

「勘がいいね。いや、レノンだから、そもそもティナエにいるイスラが知っていることなら君も知っていて当然か」

「いいえ、どちらかだけじゃ無理。その両方だから分かるのよ」

セスラがニヤリと微笑む。そして大声を上げて、周囲の娼姫達に呼びかけた。

「ちょっとみんな聞いて！ ハジメ達はここから逃げ出す方法を知っているみたい！ 助かる方法があるの！」

「えっ、なになに⁉」

絶望の中でのセスラの叫びは、娼姫達の頼みの綱となった。こうして藁にも縋る心境になった女達によって、徳島達は瞬く間に取り囲まれてしまったのである。

話の場所を、廊下の隅から大宴会用の大広間に移すと、皆を代表してキャットピープルのミケがペシッと床を叩いた。

「さあ、聞かせてもらうニャ！」

娼姫達は江田島、徳島、シュラとオデット、ついでに伊丹を相手に、一体どうやってこの窮地から脱出するつもりなのかと迫ったのである。

「自分達だけ逃げるつもりかい！」

「あたいらも一緒に連れてってておくれよ！」

「頼むよ！」

「一生恩に着るからさ！」

江田島も徳島も、彼女達の縋るような声や表情を前にすると答えに窮した。このメトセラ号に長く滞在し過ぎたせいで、彼女達を見捨てられない心境になっているのだ。

ふと伊丹が呟く。

「江田島さん、厄介なことになってますね」

それを聞いた江田島は、伊丹を詰った。

「伊丹君、何を人ごとのように言っているのです？　君だって私達のチームの一員なんですよ」

「それはそうですけど……江田島さんや徳島君の中では、とっくの昔に結論は出てるんでしょ？」

見捨てる気なんて最初からないくせにと囁かれて、江田島は肩を竦めた。

「ええ、義を見てせざるは勇なきなり。窮している人々を救うのは、我が国の伝統ですからねえ。私の記憶にあるだけでも、ロシア海軍ディアナ号の遭難、和歌山県沖で遭難したトルコ海軍のエルトゥールル号、ロシア艦イルティッシュ号、シベリアに流刑になっていたポーランド人の戦災孤児達、オトポール事件、カウナス領事のビザ発給、大戦中ですと、イギリス海軍エンカウンター号、戦後になればますます増えて、復員せずにアジア植民地の独立戦争に身を投じた旧帝国軍人達多数の存在が、現地政府の記録にあります。アフガニスタンの用水路建設で凶弾に倒れた活動主催者と技師、また、カンボジアやアフリカで地雷除去に身を投じている元自衛官達、海外青年協力隊に至っては、無名の若者達約四万五千名が九十二ヶ国で活躍しており、いちいち枚挙に暇がありません。伊丹君、あなたとて、コダ村、イタリカ、そして炎龍に対しても同じ思いで立ち上がったのでしょう？」

「え、ええ、まあ……」

伊丹は照れたように後ろ頭を掻いた。

「それに政府からの要請も届いてます。なので、私としてもこの状況は何とかしたい。けれど気持ちはあっても具体的にどうしたらいいかが思い付きません」

「江田島さんでも難しいですか？」

「一つだけ手があることはあるんですが、この手を用いると、とある人物に多大な負担をかけることになります。この後の人生を大きく変えてしまうことになるので、安易に頼めるようなことではないのです」

江田島は腕組みすると、シュラやオデットのほうをチラリと見た。

すると伊丹が尋ねた。

「誰かが犠牲になるような方法はダメですね。最初はどうする計画だったんです?」

「人数も少なかったので、ミスール号に逃げ込むつもりでした」

「その船にここの女性達を乗せるっていうのは、ダメなんですか?」

すると、ミスール号の艦長でもあるシュラは青い顔で頭を振った。

「ミスール号は小さいからね、これだけの人数はさすがに乗せられないよ」

妓楼船メトセラ号の乗組員は、娼姫達にメイド、それと料理人など男衆も含めると三百人は優に超える。この全員を受け容れるには、ミスール号では小さ過ぎた。無理をして乗せれば、転覆事故を起こしかねない。せっかく助けた命すら失う大事故に繋がってしまう。

「一時、テレビなんかでアフリカからヨーロッパに難民を満載した船が到着する映像を見た記憶があるんだけど……足の踏み場もないほど大勢の人が乗ってて……」

すると、江田島が頭を振った。

「あれは運よくたまたま無事に辿り着けた船の映像なんです。あの出来事の影では、ヨーロッパまで辿り着けずに転覆、沈没した船があるのです。それはきっと相当数になるでしょう」

「では、他の船を探すのはどうです？　ここには船がいっぱいあるじゃないですか？」

するとシュラが再び頭を振った。

「その、いっぱいある船こそが略奪の対象なんだよ。ミスール号が多くの船を引き連れていたら、多くの戦利品を抱えていると見られて、分け前寄越せっていろいろな船が襲ってくるよ」

「それじゃ、俺が便乗させてもらったエイレーン号に分乗させてもらうのはどうです？」

「エイレーン号!?　カイピリーニャの奴がここに来てるのかい？」

「プリメーラさんの戴冠式に出席するヴィっていう使節を乗せてきたんだ」

すると、オデットが安堵の溜息を吐いた。

「あの船も使えるなら、どうにかなるかもしれないのだ」

だがその時、江田島が溜息交じりに言った。

「あ……いや、その船を使ったとしても無理でしょうね」

「どうしてなのだ？」

「アレをご覧なさい」

江田島に促されて皆が舷窓の外へと目を向ける。

すると、花街全ての船から女や男達が出てきて、メトセラ号を取り囲んでいた。みんなこちらに向けて何かを叫んでいる。声が揃っていないのでよく聞こえないが、自分達を救え、助けろ、助けてくれと叫んでいるようだった。

伊丹が呻く。

「こ、これは……百人とか二百人の単位じゃないぞ。何千人って数になる」

「だ、誰なのだ⁉ あちこちに言いふらしたのは？」

オデットが振り返って詰問すると、心当たりがあるのか娼姫達の数十名が俯いた。

パニック状態特有の心理により、会う人会う人に手当たり次第喋ったらしい。徳島達が助かる術を持っているという噂は、たちまち花街中に広がっていた。

「統括。こんな状態で、助けるのは先着三百名に限りますとか言ったら、どうなると思います？」

「徳島君。そんな分かりきったこと聞かないでください。間違いなく暴動になってしまいます」

江田島は身震いするように言った。

こうして徳島、江田島、そして伊丹が救わなくてはならない対象は、船一隻分の娼姫達から、街一つ分へと増えた。そしてその数は、時間の経過とともに、増えこそすれど減ることは決してないように思われたのである。

「仕方ありませんね。こうなっては、迷ってる暇はありません……」

皆が有効な手段を思い付けない中、江田島がそう言って立ち上がった。

「どこに行くんですか？」

「私はちょっとばかり席を外します」

すると、徳島も立ち上がった。

「あ、俺も行きます」

徳島は、江田島が誰の元に行こうとしているのか感付いたようだ。もちろん、シュラやオデットも同様で、「ボクも」「わたしも」と言って二人とも腰を上げる。

娼姫達は、思い詰めた表情で広間から出て行く徳島達を、不安そうに見送ったのだった。


一方その頃、ティナエ共和国の使節であるオー・ド・ヴィは忙しく働いていた。

普段通りの直截（ちょくせつ）かつ過激な発言が禍し、女王（ハーラム）の機嫌を損ね、『貴方、戴冠式が終わったら処刑よ』という宣告を受けてしまった。それもあり、最後の晩餐とばかりに迎賓船で連日続く戴冠式前の宴の料理を楽しんでいたのだが、何故かアトランティアの女王（ハーラム）から急遽呼び出しを受けたのだ。

「もう、死刑執行なので？」

戴冠式が終わるまでは命の保証を受けていたはずだけど、と玉座の間の女王（ハーラム）に告げる。

すると、女王（ハーラム）からこんな依頼を受けた。

「七カ国連合の代表であるティナエ統領代行閣下へ手紙があるので、届けてください」

「私がその足で逃げてしまうとは思わないので？」

「貴方なら、逃げるとしても役目を果たしてからにするでしょう？」

確かにその通りで、役目を放り出して逃げるつもりはない。とはいえ面倒臭いとは思うから、自分で行けばいいのにとか、自分の家臣を使えばいいのにと言う。

「いやよ、こっちの船を使うと、途中で沈められてしまうんですもの」

手紙を持たして送り出した船の多くが戻ってこないという。

まあ、メッセンジャーは外交使節の仕事であり、ヴィがその一人であることは間違いないので引き受けることにした。

ヴィは早速カイピリーニャに頼んでエイレーン号を出してもらった。そして七カ国連合の総旗艦まで行って手紙を渡すと、早々にアトランティアへと戻ってきた。

報告のためにヴィが玉座の間へと入ると、侍従長（じじゅう）が囁いた。

「女王（ハーラム）陛下。使節殿が戻りましたぞ」

黄金のパイプで魔薬をくゆらせていた女王（ハーラム）がこちらを見る。そして事が済んだらお前を殺すと宣告したとはとても思えない親和的な笑みを浮かべた。

「帰ってきたのね、ボウヤ。お勤めご苦労様」

「いえ、大した苦労ではないので。波止場からエイレーン号に乗って沖に出て、七カ国連合の艦隊に合流して、短艇で総旗艦に移動して、手紙を渡して、若干の話し合いをして、その逆を辿って戻ってきた。それだけのことなので」

ヴィはどう考えても大変そうに思えるプロセスを、何でもないことのように語った。あるいは本当に何でもないことを、あたかも大変そうに言っているだけなのかもしれないが。

「で、答えはどうでした？　さすがにシャムロックも驚いていたでしょう？　だってわたくしに出来る最大限の譲歩をしたんですもの。あれだけのものを差し出すと約束したら、喜んでわたくしと息子の安全は保証すると答えたのではありませんか？」

するとヴィは苦笑した。

「統領代行閣下は大変に驚いていましたので」

「そうでしょう、そうでしょう」

「そして、こうも言っていました。レディ女王陛下の申し出は謹んでお断りする、と。更に前と同じように、プリメーラ様を傷付けることなく解放するのは当然として、レディ陛下には無条件の降伏をするようにと勧告されました」

その返答を聞いたレディは目を剥いた。

「な、何ですって!? 今何と言いました?」

「ですから、無条件降伏してください」

「シャムロックは、ちゃんと手紙を読んだのですか? わたくしは譲歩しました。最大限の譲歩をしたのです！ 財宝も、航路の利権も、そしてこのウルースを一週間の間、好きなだけ略奪する権利まで与えると約束したのですよ！ なのにあの男は、その申し出を断ったのですか!?」

「はい。それらの全てはとっくの昔に貴女のものではないという認識なので。ですから、それらを取引の材料に出来ると考えている陛下のお心がまったく理解できないと皆が驚いていました。実を申し上げれば、七カ国連合軍では、陛下やご子息の身柄すら、既に貴女のものではないという認識なので」

「何ですって!? わたくしや息子の身柄すらも、わたくしのものではないですって!?」

レディは激高して立ち上がった。

「シャムロック！　あの忌々しい孤児の成り上がり風情が、思い上がるのもほどほどにするべきです！　物事の道理というものを少しは弁えるのです！」

レディは今にも食ってかかりそうな勢いで怒りを見せた。

しかしヴィはどこ吹く風と涼しい顔をして肩を竦める。所詮、自分は使節に過ぎないし、シャムロックでもないのだから無関係という態度だ。既に殺すとも宣告されているから、これ以上恐れるものもないのだ。しかしそんなヴィの太々しい態度が、またしてもレディの精神を逆撫でした。

「きぃーーー」

レディの興奮度合いがさすがに見ていられなくなったのか、石原が歩み寄って囁いた。

「落ち着けって……」

「こ、これが落ち着いていられますか！」

「それでも落ち着くんだ。興奮すると、このボウヤやシャムロックって奴につけ込まれるぞ」

「……」

つけ込まれるという言葉の不快性が理性をよっぽど刺激したのか、レディは数度深呼吸をした。それだけでは冷静さを取り戻すには至らなかったが、少なくとも冷静を装える程度には落ち着いた。

「無条件降伏だなんて、断じて受け容れられません。わたくしは帝国皇帝の血を引く者です。そしてティナエは皇帝の臣下。臣下の分際で、主君の血筋たるこのわたくしの身柄を引き渡せだなんてよくぞ言えたものです。わたくしを辱めると、きっと帝国からの懲罰を受けますよ」

「果たしてそうでしょうか？　だって陛下は、帝国の女帝陛下と仲が悪いと聞きますよ？」

「それとこれとは話が違います！　そもそも本来ならば、帝位はわたくしのものでした。なのにあの女は不当にも帝位に就いたのです。ならばその贖罪から、わたくしを無条件で支援するのは当然ではありませんか？　それにたとえ折り合いが悪くとも、帝室の血筋を引いた者が酷い侮辱を受けたとなれば、ピニャとて怒ります。怒るはずです。きっと、多分……。そ、それに、退位されたとはいえ、先帝陛下も未だにご健在なのですよ！　それなのに！」

「まあ、落ち着けって」

石原は再び興奮の度合いを高めていくレディを座らせる。そしてこれ以上訳の分からないことを喋らせないために、代わって前へと進み出た。

「使節殿。使い立てして大変すまなかった。こちらとしては、そちらからの勧告について無下に拒絶するのではなく、もう一度検討したいと思ってる。慎重にな。決まったらすぐに連絡するから、それまで迎賓船で酒と料理と女を味わっていてくれ」

するとヴィは言った。

「料理はともかく、酒と女は遠慮します。そんなことより、プリメーラ様に面会できませんか？　こちらに到着以来、一度も挨拶できてませんし、ご無事かどうかを確かめたいので」

「すまないが、その件は……」

石原が答えようとすると、レディがいきなり顔を上げて被せてきた。

「ダメです！　あの娘は大切な人質で切り札なのです！　ですが、そう心配しなくても大丈夫。七カ国連合の攻撃がこのウルースに及ばないのも、アヴィオン七カ国の王位継承権保有者であるあの子の身柄を押さえているからだということは、このわたくしもよく理解していますので。ですから、そちらが無体な要求をしたり、攻撃をしてこない限り、プリムを傷つけるようなことは決していたしません。ええ、このわたくしが保証いたします」

レディは過剰なほどゆっくりかつ丁寧にその旨を語る。しかし、そんな脅し含みな態度で行う保証に一体どれだけの価値があるのか？　少なくともヴィはまったくもって信じられなかったのである。

「ったく、ありゃ何だ？　あの女は頭がちょっとおかしいんじゃないのか？」

カイピリーニャ艦長は、副使でもあるので、女王(ハーラム)とヴィの謁見に付き添っていた。特に喋ることもないのでずっと黙っていたのだが、内心ではいろいろ思うところがあったらしい。玉座の間を出て女王(ハーラム)の目の届かない場所まで来ると、堰を切ったように愚痴を零し始めた。

すると、ヴィも珍しく同意した。

「自分は常に正しく、自分の思った通りにならないのは世界が間違っている。そんな風に考えていそうなので」

「男とか女とか関係なく、ああいうのが権力持ったらホントたまらんよな」

「それには同意します。けど、うちの統領代行も大概なので」

「そうか？」

「プリメーラ様を無傷で解放せよと迫る、これは当然なので。でも、そのためにいくらかの譲歩はしないと、人質の解放なんてあり得ないので。一体何を企てているのやら……」

人質がいるからまだ攻撃されていないという状況では、人質を解放したら攻撃される、殺されると恐れるのは当然のことだ。ならばたとえ嘘であっても、「レディの安全は保証する」ぐらいのことは言わなければ話が進まないのだ。

なのにシャムロックは無条件で降伏せよと高圧的に繰り返している。まるで言葉とは裏腹に降伏して欲しくないかのようだ。人質の解放も、本当にして欲しいと思っているのか怪しい。

「言われてみればそうだな。もしかして、裏で何かやってるんじゃねえのか？」

「きっとそうなので。以前から怪しい噂の絶えない人でした」

そんなことを考えたり喋ったりしつつ王城船の通路を進んでいると、二人に近付いてくる気配があった。

「ちょっとお話があるのですが、少しお時間をよろしいでしょうか？」

見れば、アトランティアの王城に勤める侍従達の数名である。代表には、侍従次官のセーンソムが、そしてその傍らには侍従アリババが立っていた。

「これは侍従次官殿。皆さん、どうされましたかな？」

カイピリーニャはヴィを庇うように前に出た。ティナエ共和国の正使節である彼を守ることも、軍人たるカイピリーニャの役目だ。

「実は内々で相談したいことがございまして」

セーンソムは、他聞を憚る話だと告げて声を潜めると、左右を警戒しながら語った。

それを聞いたヴィは、思わず声を荒らげる。

「それは無理なので！　いくら金銀財宝を賄賂として贈られても、七カ国が勝者の権利を行使しないという条件は、まずあり得ないので！」

「やはり難しいでしょうか？　三代にわたって作り上げられたこの海上都市は、碧海の中心として各地の富を集める力を有しています。焼き払ってしまうには、大変惜しいのではありませんか？」

するとアリバが頷く。

「そうですとも。七カ国のいずれかがアトランティアを統治することになったとしても、我らを上手く使っていただければ、今以上の繁栄をお約束できます。特に海上通商に重きを置かれているティナエ政府の方々ならば、その価値をきっとお分かりくださるはず」

どれだけ自己評価が高いのかと思わせるアリバの自慢めいた話を聞かされ、ヴィは辟易とした顔付きで小さく嘆息した。

「アトランティアの富を集める力……ですか。確かに、失うのは惜しいと思う人もいるので」

「ならばこそ！」

「しかしそれこそがアヴィオン七カ国がこの国を許さない理由なので！」

「ど、どういうことですか？」

「その富とやらは一体どこから来たものですか？　自分達で額に汗して働いて作り上げた商品を売って得たものですか？　誰も行ったことのない未開の地に自らの命を賭して赴き、まだ誰も知らない珍奇な商品を見つけ出してきて得たものですか？　違うでしょう。貴方方は海賊、そうした他人の努力の成果を力ずくで奪っただけなので。それらの富で栄える正当性は、欠片もない。そして、七カ国の民衆の望みは、自分達から不当に富を奪った者に懲罰を下すことなので！」

「で、では……」

「ええ。七カ国連合は、ウルースを形作っている全ての船の纜を引き千切り、全てを解体し、奪い合うように貪って、最後にはことごとく焼き払ってその灰を海に沈める。七カ国の民が抱いていた怒りは、そうして初めて晴らされるので」

死刑宣告にも等しいヴィの言葉を浴びて、セーンソム達は重苦しい沈黙に包まれた。

「……」

するとその空気に耐えかねたのか、アリバが口を開いた。

「で、では……せめて我々だけは見逃していただくことは叶いませんか？」

「ええ、そうです。そのためとあらば、女王（ハーラム）陛下の身柄を引き渡すことも厭（いと）いません」

「そうですとも」

堰を切ったように、侍従達が次々とアリバの意見に賛同する。

「女王（ハーラム）の身柄を？　それはつまり……貴方方は、自分達だけが助かるため、主君の身柄を我々に引き渡すと？　そればかりか、ウルースの富も財宝も、そして民衆の命すら差し出すと？」

「誠に言いにくいことではありますが、あからさまに言ってしまえば……その、その通りです」

「ウルースのあちこちでは、既に暴動が起きています。いつ群衆がこの王城船に向かってくるか分からない有り様です」

「我々も急ぐ必要があるのです」

「ふむ、なるほど……一考に値する提案なので」

ヴィは、侍従達の提案に対して朗らかに笑って対応した。実際の腹の中の感情とは関係のない表情を作ることも、使節の役目だ。

「その場合、プリメーラ様の身柄はいつ引き渡してくださいますか？」

もちろん無傷であることは大前提である、とヴィは付け加えた。

「我々の助命の確約をいただけたら」

「具体的には、我々が安全なところに逃げてからになりますが……」

「なるほど……」

「ですが、その前に女王(ハーラム)陛下と王子殿下を差し出して、忠誠をお示しすることは可能です。こちらはすぐにでも実行可能です」

「ふむ」

ヴィは難しい表情をして少し考える。そしてすぐに貼り付けたような笑みを浮かべた。

「かしこまりました。よいでしょう。直ちに持ち帰って、統領代行にお伝えします」

「何卒シャムロック統領代行閣下におとりなし、お願いいたします」

ヴィは首を傾げた。

「けれど、本当に出来るので？」

「何をお疑いでしょう？」

「だって相手は女王(ハーラム)なので？　それ相応の警備もいるでしょう？」

「確かに、あんたら剣を使うのはそれほど得意じゃなさそうだ……」

カイピリーニャも、ヴィの懐疑に同意した。

「失礼な！　我々とてまったく無力ではないのですぞ。我々に同調する兵士も大勢います」

「そうです。それほどまでにお疑いなら、今夜にでも我々の意志と力量をご覧に入れましょう。見ていてください」

侍従達はそう宣言すると、ヴィとカイピリーニャの前から引き下がっていった。

彼らの姿が見えなくなると、ヴィは肩を落とし、盛大に溜息を吐く。

見れば不機嫌丸出しの表情となっていた。その表情から察するに、荒天下の船酔い以上の不快感に耐えていたに違いない。

「奴らを見ていると、あのお馬鹿女王(ハーラム)のほうが、遥かにマシに思えてくるので。人間こまで浅ましくなれるだなんて、吐き気がしそうです。船酔いは、いい訓練になったので」

「そうだな。お前——ホントよく我慢していたよ」

ヴィに同情したのか、カイピリーニャは彼の背中を慰めるように叩いた。

「カイピリーニャ！」

その時、エイレーンが駆け……否、翼を広げて飛んできた。

「どうした？　そんなに慌てて」

「すぐに船に戻って！　あのじいさんが意識を取り戻したんだ」

「じいさんって誰なので？」

該当する人物に思い当たるところがなく、ヴィが首を傾げる。

「海でガキ共と一緒に拾い上げた髭面のじじいだ。ずうっと意識がなかったんで、船医が面倒を見てたんだ。そいつの意識が戻ったのか？　よかったじゃねぇか」

「よかっただけじゃないんだよ！　あのじいさん、意識と一緒に記憶も取り戻したんだけど、実は大変な奴だったんだ！」

「はあ？」

「とにかく早く船に戻って。早く、早く！」

エイレーンに急かされたカイピリーニャとヴィは、何が何だか分からないまま、再びエイレーン号へと向かったのである。

11

「どうだった？」

「上手い手は見つかったニャ？」

小一時間ほどして、江田島や徳島が広間の娼姫達の元へと戻った。娼姫達は外でどんな話し合いが行われたのか、それがどんな結果になったのか聞きたがる。当然と言えば当然だ。それで自分達の運命が決まるのだから。

だが、江田島や徳島は黙して答えなかった。

もちろん、伊丹もだ。

「何で黙ってるんだ？」

三美姫の一人であるリュリュが、娼姫達を代表して問うが、徳島達三人は黙ったまま、広間の奥の自分達の席に戻った。

娼姫達がそんな三人に対する苛立ちを露わにし、声を荒らげ始めたところで、広間の扉が大きく開かれた。

皆が驚いて振り返る。

するとそこに、薄桃色の髪を豪奢に飾った娼姫が凛と立っていた。

扇で顔を隠しているから誰かはよく分からない。しかし特徴的な薄桃色の髪と、メイドのプーレ、シュラとオデットが左右に付き従っている姿から察するに、プリメーラであろう。

プリメーラは大広間に入ると、しゃなりしゃなりと前に向かって進み始めた。すると娼姫達は左右に分かれてプリメーラの道を開けていった。

「ペシェリーゼ様だ」

「ペシェリーゼ様が来たよ」

ペシェリーゼ・リン・デマンスとは、プリメーラのここでの源氏名——偽名だ。

まさかこの国で戴冠式を挙げようとしている姫と同じ名前という訳にはいかないので、徳島が急遽考えたのだ。

しかし、薄桃色の髪に合わせた絢爛豪華な衣裳を纏った彼女の放つ気品と威厳は、滅んだとはいえ、まさしく一国の王女——否、女王のものであった。

まるで後光が差していると錯覚するような強いオーラを全身に纏わせている。

これは統領の令嬢として、ティナエで暮らしていた時分にはなかったものだ。もちろん才能の種は、もともと彼女の中に備わっていたのだろう。だがそれはティナエの統領令嬢としてただ贅沢に暮らしていただけでは到底開花し得ないものである。

それが芽吹いたきっかけは、アトランティアの王城でレディに接し、王宮内で暮らしたことだろう。更に妓楼に隠れて暮らすことしばし。やってくる客から身を守り、高嶺の花を安易に手折(たお)ろうなどという気を起こさせないため、プリメーラは常に背筋を伸ばして気高さを保ち、酔客を威圧し睥睨(へいげい)し続ける必要があった。

これによって威厳というものが磨き上げられ、ついに大輪の花を咲かせるに至ったのである。

その立ち居振る舞いには、気位の高い高級妓楼の上級娼姫達も、蓮(はす)っ葉(ぱ)な中下級娼姫達も気圧(けお)された。

プリメーラの前では自然と背筋が伸び、否が応でも一目置いた扱いをしなければならない気にさせられてしまう。

これこそが王家の風格というものなのだ。

やがてペシェリーゼことプリメーラは、広間の主席に腰を下ろすと、扇を軽く傾けて室内の娼姫達を見渡す。そして告げた。

「エダジマ、トクシマの両名から話は伺いました」

話しているのは、プリメーラではない。コミュ障の彼女が、大勢を前に口を開くなど不可能だ。だから扇で顔を隠したままプーレに囁き、それをプーレが代言する。これがまたいかにも女王のやることらしく、威厳を増す演出になっていた。

「二人は皆を救いたいそうです。ただそのためには、わたくしの力が必要。そうでしたね？」

江田島と徳島はプリメーラの問いに頷いて答えた。

「わたくしも同じように思います。ここの皆は、王城の兵士からわたくしを庇ってくれました。明らかに怪しいと分かっているのに、皆でわたくしを匿(かくま)ってくれたのです。わたくしはその恩義をここで返したいと思っています」

すると、シュラが言った。

「だけど、代わりに大きな荷物を背負い込むことになるよ」

続けてオデットが言う。

「そんなもの、引き受ける必要ないのだ」

「ありがとう、シュラ、オデット。二人の気持ちと友誼を、わたくしはとても心強く思います。けれどわたくしはもう逃げ回るのはここで終わりにしたいのです」

プリメーラは覚悟を決めているのか、自分達の正体が明らかになるのも厭わないらしい。シュラとオデットに対しても偽名を使わずに語り掛けた。対して娼姫達も、薄々三人に何かあると勘付いているのか、口を挟む者は誰もいなかった。

「逃げるのをやめる――のかい？」

「これまで、わたくしはアヴィオン王家の血を引いて生まれたことを何かの呪いのように感じていました。この血のせいで、王政復古派に祭り上げられそうになったり、このアトランティアでは捕らえられすらしました。わたくしは、それが心底嫌でたまらなかった。けれど、逃げ回っていてもよいことは一つも起きませんでした。シュラは船と部下を、オデットも船と足を、そしてわたくしは嫁ぎ先の夫を失った。全ては逃げ回っていた報いなのでしょう」

「そんなことないのだ！」

「そうだよ、プリム。君が責任を感じる必要なんてない」

「二人ならば、そう言ってくれると思いました。ありがとう。けれど、これは借金のようなもので、逃げれば逃げるほど利息が積み上がり、返す額は膨れ上がっていくように思えます。わたくしはこれ以上、友や愛すべき人を失うのは嫌です」

プリメーラの言葉に、シュラとオデットは顔を伏せた。

プリメーラは二人が渋々ながら納得したとみると、周囲の娼姫達を振り返った。

「エダジマの企てが上手くいけば、皆は助かるそうです。皆だけでなく、上手くいけばこのウルースの人々の多くを救えるかもしれません」

「ど、どうやって⁉」

娼姫達は一斉に身を乗り出してプリメーラに迫った。一人一人ならばそれほどではないが、これだけの人数が一斉に詰め寄ると、プリメーラはプーレとともにのけぞってしまった。

「みんな圧が強過ぎ。ペシェリーゼ――じゃなかった、プリメーラ様も困ってるよ。ちょっとは配慮しな」

リュリュが嘆息交じりに注意すると、皆もいささか身を乗り出し過ぎたと気付いて少し下がった。

そんな中で、リュリュに代わってセスラが皆を代表して問いかける。

「それで、どうやってわたし達を助けてくれるの？」

セスラは三つの眼（まなこ）でプリメーラをじっと見つめる。すると、プリメーラは扇を畳み、セスラを真っ直ぐ見返した。

「わたくしはこれからプリメーラに戻ります。そして女王として戴冠いたします。そして我がアヴィオン王国をウルースに再興します」

「そうすると、どうしてあたしらを助けることになるのさ？」

リュリュが尋ねる。

するると江田島が眼鏡を輝かせながら補足した。

「ここが七カ国連合に攻められるのは何故でしょう？　それは戦争の相手であり、アトランティアだからです。では、アトランティアでなくなったとしたらどうでしょう？」

「そ、そんなイカサマみたいな方法……」

「本当に上手くいくのかニャ？　そんなの知るかーって攻めてくるんじゃニャい？」

「そうですね。確かにその可能性もあります。しかし、七カ国ではそれぞれアヴィオン王国の再興を願う王政復古派が強い勢力を持っていると聞きます。プリメーラさんが女王として君臨することになったと知れば、まるっきり無視するという訳にはいかないと思うのです」

シュラは、本音を言えば勧めたくない。だが、プリメーラがやると言うなら仕方がないとばかりに溜息を吐きながら言った。

「問題は、このアトランティア・ウルースをどう乗っ取るかだけどね。けど、いろいろとガタガタになっているようだし、ボクが思うに、案外上手くいくような気がするよ」

「ただ、そのためには皆の協力が必要です。みなさん、わたくしを手伝ってくれますか？」

プリメーラの求めに、セスラもリュリュも、娼姫達ももちろん嫌とは言わなかったのである。

＊　＊

アトランティア／第一号船渠船

王城船に付属するような形で繋がれている船渠船では、建造されたばかりの新型船の艤装作業が急ピッチで行われていた。

石原はそのうちの一つ、一号船渠船を訪ねていた。

艤装作業とは、「器」だけの船体に乗組員が生活したり、船を操作したり出来るようにする設備を据え付けていく作業だ。具体的には、梯子段や棚、大砲などの武器、調理場には竈を設置したりといったことだ。それに合わせて、様々な物資の積み込み作業も行う。

「急ぐ必要がある。今は航行に必要な設備を優先し、後の作業は航行中にやるんだ」

見ると、飛行船の乗組員に選ばれたクルー達が食糧の入った箱を積み込む作業をしていた。

それを監督するのは、アトランティア海軍近衛艦隊の見習い士官改め、新任士官となったカシュである。カシュだけではない。この飛行船のクルーは、ほとんどが元イザベッラ号の乗組員であった。

「トラッカーはいるか？」

石原はカシュに声を掛けた。

「あっ、宰相閣下！」

カシュは石原に敬礼してドックの一角を指差す。

「艦長なら、あそこにおいでです」

見るとトラッカーが、技師達を相手に何やら言い争っている。まるで喧嘩しているのではないかと思わせるほどに声を荒らげていた。

「何やってるんだ、あいつら？」

「毎度のことですからご心配要りません。技師の奴ら、変人の上に妙に頑固で。艦長も若いのに頭が固いから、互いに全然譲らなくって衝突ばっかりなんです」

「そうなのか？」

「ええ……って、おい、そこ！ そこの大砲はバランスを考えろ！ そんなんじゃ、艫が下がりになってしまうぞ！ それとそこ！ 小麦粉は食糧庫だ！」

カシュが大砲の積み込みで水兵を叱り始めたので、石原はそのままトラッカーに歩み寄った。

「どうした、トラッカー艦長？」

「あ、イシハ宰相閣下！」

石原を見たトラッカーは、姿勢を正して敬礼した。

「一体何の話をしている？」

「この者達が、どうしてもと譲ってくれないのです。訳の分からないことばっかり言って」

対する技師達は、石原を見てニヤリと笑っていた。トラッカーのことを頭から知恵のない未開人と決め付け、見下しているのがありありと感じられた。

中国の工作員である技師達から見れば、石原は現地採用の臨時職員だ。彼らからすれば、石原はいわば自分達の仕事が円滑に進むよう手伝いをする存在。そしてトラッカー達アトランティアの人間は、そのまた下で働く存在になる。つまり、東京本社から出張してきたエリート正社員が、地方の下請け企業の現場店舗で働くアルバイトを見るような感覚になってしまうのだろう。

しかもそこに中国人特有の中華思想やら、特地人は遅れているという優越感まで入り込む。文化の違い、教育、知識量の差から、どうしたって蛮族扱いをする。

見れば、テーブルの上には図面やら書類が山のように積まれている。この船の操船マニュアルのようだ。どうやらこれが諍いの種になっているらしい。

「説明しろ。何が問題なんだ？」

技師が石原に説明した。

この飛行船は、漕役（そうえき）奴隷が櫂（オール）を漕いで進む。ただし、櫂が空気を掻き回すのではなく、櫂を引いた力によって、シャフトを通じて飛行船尾部の左右に接続されたプロペラを回転させる。

「それの何が問題なのだ？」

技師の一人が説明した。

「これまでこの世界で使われていた漕手の座席は、腹部や上半身、そして腕力しか使わないから不効率だ。だからローイングマシンのように、座面を前後に動くようにして、櫂を引く際に漕手の下肢の筋肉も使うようにした。こうすれば、より効率的に力強く動かせる。漕手の数も少なく済むだろう。なのにこの男はそれがダメだと言う……」

石原はトラッカーを振り返って尋ねた。

「艦長はどうして反対するのだ？」

「漕手の席がこんな風に動くのは危険です。伝統的ではありません。これに限った話じゃありません。この船には訳の分からない、頭だけで考えたような絡繰り(からくり)が山のように積まれてるんです」

そんなトラッカーの意見に石原は嘆息した。

「いいか、トラッカー、聞いてくれ。お前が伝統を重んじる気持ちは分かる。だが、この船そのものが伝統的とは言えない代物だ。空を飛ぶ船なんて初めてだろう？　だったら、何もかも全てが新機軸になっていたとしてもおかしくない。お前はそれを受け容れて慣れるしかないんだ」

「ですが、宰相閣下、我々乗組員が理解できないようでは……」

「とにかくだ！　艤装については技師達の気の済むようにやらせてやってくれ。分からないものは追々理解していくしかないんだ。艦長の役目は、こいつらが仕上げた船をすぐにでも動かせるよう準備することだ」

「イザベッラⅡ号！」

その時、天井方向、気嚢(きのう)の辺りから、翼人の少女が降りてきて言った。

「何だって？」

「だから、イザベッラⅡ号さ。あたいが船守りするんだからこの船はその名前だろ？」

船守りの名前が船の名前になる。それがアヴィオン文化圏の伝統的な習慣だ。

「ああ、そうか、そういうことになるか。うむ、よし、この船の名前はそれで行こう」

石原が艦名について了承すると、トラッカーはこちらへおいでくださいと石原をドックの壁まで誘って囁いた。

「閣下。……戦況はそんな急がなくてはならないほどに悪いのですか？」

「ああ、アトロンユ大提督が、残存艦隊を率いて再出撃された。しかし、七カ国艦隊の勢いは凄まじい。いつ女王を連れて逃げ出すことになってもおかしくない」

「残念です。この船が決戦に間に合えば、何とかなったかもしれないのに」

「新造艦一隻では、戦況をひっくり返すなんて無理さ」

「一隻？　確か、新造艦は、三隻建造されたと聞いてますが？」

「乗組員——特にパウビーノの手配が間に合わなくてな、他の二隻は放棄せざるを得ない。今は残された物資と人材の全てを、このイザベッラⅡ号に集中するんだ」

船渠の片隅でそんな会話がなされている一方で、艤装作業中のイザベッラⅡ号の船内ではカシュが蒼髪の少女の手を引いて、船倉のある区画へと向かっていた。

「ここは食糧庫か。司厨員が時々入ってくるからやめたほうが良いな……」

船倉はこの飛行船にもいくつかあるが、食糧庫には小麦粉の袋、新鮮な芋類、堅果類の入った麻袋、そして塩肉の詰まった樽が並んでいた。

「この先は何なのじゃ？」

奥へ進むほど迷路のように複雑になっている通路の突き当たりに、潜るのがやっとというサイズの扉——おそらく点検口があった。その中を覗いてみると、何の役目を果たしているのか分からないものが置かれている。金属製で、棺のようなものがあり、それに繋がる樽のようなものが幾つか。それと歯車を幾つも組み合わせた複雑な構造の物。

それを見たカーレアは、驚きで「ひっ」と息を呑んだ。

「カーレアはここに隠れているんだ。いいね」

しかしカシュは、この場所に隠れていろと言った。

「カシュ。お前は、これが何か分かっておるのか？」

カーレアは室内の機械を検分しながら言った。

「よく分からないよ。この船に積まれてるのは僕らには分からないものばっかりだ」

「ま、そうじゃろうなあ……躬としては別に構わんが」

蒼髪の娘は一人で勝手に納得すると、この部屋の片隅に自分の隠れ場所を作り始めた。隅に置かれていた箱を巧みにずらして、自分が隠れられるだけの小さな空間を設えようとしているのだ。

「これに乗っていれば、アトランティア・ウルースからは逃げられるよ。きっと」

「ありがとう、カシュ。全てはお前のおかげじゃ」

「いいよ。助けてもらったお礼だし」

「いいや、躬の見たところ、貸借対照表が少しばかり借り方に傾いているような気がする」

「だとしたら、その分は貸しってことだね？」

「後できっと精算するからな。甘美な謝礼を期待しておくがよい。これは前渡しじゃ」

カーレアはそう言うと、美麗な唇を尖らせてカシュの唇に押し当てる。唇の隙間から舌を口腔に忍び込ませ、若い青年の舌をくすぐり、舐(ねぶ)り、刺激する。背に回した手を掻き抱くように、爪を立てて肌を掻き毟る。

カシュは、熱病にかかったかと錯覚するほど顔を真っ赤にさせた。

カーレアはカシュの腰へ、腿(もも)へと手を這わせる。そしてあと僅かで股間に触れるという寸前でぷいっとそっぽを向いた。

「お前はいい味がするな」

「へっ？」

「さて、ではちょっと出掛けてくる」

カーレアはここが自分の居所と定めたのをよいことに、散歩に行くような気軽さで部屋から歩み出た。

「ちょ、ちょっとカーレア！　どこに行くんだい？　隠れていてくれないと困るよ。もし君のことがバレたら僕は……」

「大丈夫じゃ。躬も心得ておるから、コソコソと振る舞うぞ。もちろん。見つかるようなドジはせぬ。見つかった時の対処も心得ておるからそれで堪忍してたもれ。躬には、せねばならぬことが出来てしもうたのじゃ」

「しなければならないこと？」

「躬もこの国をここまで追い込むのにそれなりに苦労した。その甲斐あって、この国は今や絶望と悲嘆に染まった魂で満ち満ちた。細工は流々、仕上げをご覧じろという訳じゃな。それらの魂は、肉の牢獄から解き放たれるとこの躬に集い、躬のうちに灯る黒い炎に加わるはずじゃ。なのに、ここへきて、せっかくこの国に広まった絶望と悲嘆の色が薄まろうとしておる。どうやら、希望という救いようのない疫病の兆しのようじゃ。

躬としては、それを早々に叩いてしまわねばならぬ」

カシュはカーレアの言葉の意味が少しも理解できなかった。

ただ直感的に、本能的に感じられたこともあった。

それはカーレアが、外見通りの愛くるしい少女ではないということだ。彼女の綺麗な皮膚の下には、恐ろしく獰猛で禍々しい何かが隠されているのだ。

＊　＊

飛行船艤装の進行具合をその目で確認した石原が、一号船渠船を出て目にしたのは、ウルースの街の混乱ぶりである。あちこちで群衆が暴れ回っているのだ。

「一体何をやってるんだ？」

石原は思わず声を上げた。

街のあちこちが炎上して煙が上がっている。

ウルースは木造船が集まって出来た街なだけに、火事は厳禁だ。万が一出火したら、全力で消し止めなければならない。なのに兵士達は暴動の鎮圧に手を焼いていて、消火作業を疎かにしているように見えるのだ。

遠くから見るからそう見えるだけで、実際の現場では有効な対処が行われているのかもしれないが、気になってしまった。

「一体どうなってる？」

石原は警備の近衛兵に問いかけた。

「どうやら、暴動のようです」

「暴動は分かってる。だが、消火作業は行われているのか？」

「さあ、どうなんでしょう？」

「どうなんでしょう、じゃない！ もし、何も対処してないようなら増援隊を出動させるんだ！」

「し、しかし私はこの持ち場の警備を命じられており」

「今は構わん。俺が行けと言っている！」

「は、はっ、了解しました、宰相殿！」

近衛兵は弾かれたように走って行った。

その背中を見ながら石原は、ここ数日でアトランティア・ウルースの王宮も軍も、機能が著しく低下したと改めて実感していた。もともと海賊が寄り集まって作り上げた国なだけに、負けが込んで浮き足立つと、大臣や官僚達は役目を遂行することよりも保身を考え始める。とかく指示待ち姿勢が目立つようになり、石原がいちいち細かいことまで指示しなければならないのだ。

「どうしたもんかな……」

石原はこの国の宰相となったが、責任を負うつもりはまったくなかった。

この国に対する愛国心なんて欠片もないからだ。ただ、任務遂行の足掛かりによいから宰相という立場を利用しているに過ぎない。だからこの国が炎に包まれるのならさっさと逃げ出すつもりであった。そのための方法も既に用意した。問題はいつ見切りを付けるか——なのだ。

「宰相閣下！」

「どうだった？」

呼びかけられて振り返る。一瞬、使いにやった近衛兵が戻ってきたと思ったのだ。しかし違った。王城の侍従達であった。

「何だ、あんたらか。俺に何の用だ？」

石原は首を傾げた。

侍従は王城船内で主に内向きの仕事をしている。もっぱら女王(ハーラム)レディの身の回りの世話と、そこから派生する仕事をしているのだ。

当然、政治的な権力とも無縁のはずだ。だが、レディの耳に直接情報を入れる立場であり、レディの意思決定を左右することもあるため、実質的な権能を持っている。そうした影響からか権力欲の強い者が多かったりする。レディの愛人兼宰相という立場の石原としても、慎重に扱わなければならない存在といえた。

「……」

侍従達は、石原を前後から挟むように立ち、無言で近付いてくる。

「おい、何だ？」

この時、石原の工作員としての直感が囁く。日本政府の外郭団体に所属する職員に接触して工作活動をしている最中に、外事警察の人間がやってきて背後に立たれたことがある。その時の感触に似たきな臭さを感じたのだ。

左右を見れば、そこにいるはずの警備の近衛兵はいない。近衛は石原が使いに出したからだ。

「マズいな」

石原が今こうして宰相として成り上がったのも直感に素直に従ったからだ。だからこの時も、直感を信じた。

次の瞬間、脱兎のごとく駆け出すと、船の舷を蹴った。

「何ですと!?」

慌てて侍従達が駆け寄ってくる。しかしその時には、石原は舷と舷との隙間へと飛び込んでいたのである。

海中に飛び込むと、その勢いを借りて深く潜った。

船が作る都市の海面下は、様々な魚が群れている。大小の船の底は海藻やフジツボ、貝などが付着していてあたかも岩のようであった。

やがて息が苦しくなってきたので、二、三回水を掻いて船と船の隙間に見える海面を目指す。そしてそこから浮かび上がった。

「ぷはっ！」

そこは船渠船から数隻分離れた中・小の船が並ぶ船区だった。そこなら乾舷（かんげん）も低く、自分で上がるのも難しくない船が並んでいる。

石原はその一隻の船縁（ふなべり）に手を掛け、甲板へと上がった。

それらの船同士を繋ぐ舷梯（げんてい）は、大勢の人が歩いていた。

周囲の船からもいわゆる繁華街に近い雰囲気が感じられる。

ただ行き交う人々は必死そうに、帆や食糧を抱えていた。

少し離れた所からは、暴動や略奪、そしてそれを鎮圧しようとしている軍隊の号令、喚声(かんせい)、罵倒、そして刀などの金属製武具のぶつかる音が響いているのだ。

「……」

石原はそんな人々の列に紛れ込んだ。いくら侍従達とはいえこれに紛れてしまえば、後を追えまいと思ったのだ。しかし突如、通路脇にいた男に体当たりされ、脇道の陰に押し込まれた。

「ち、くそっ。こんなところにもいやがった！」

石原は自分を付け狙う侍従の伏兵だと思った。そして抵抗すべく拳を固めて掲げた。

「違う違う！」

しかし石原を突き飛ばした男は、大きく手を振って誤解だと告げた。

「あ、あんたは……」

落ち着いて見れば、そこにいたのは占い師ヴェスパー・キナ・リレ。石原に、王城船に紛れ込む方法を授けてくれた男だったのである。

＊　　＊

一日の執務を終えたレディは、玉座の間から王城船最上階にある私室へ戻ると、入浴し、付き従うメイド達に薄絹の寝着を着せてもらった。

「街が騒がしいですね？　一体何が起きているのです」

「暴動です。軍が出動していますが、一向に鎮圧される様子はありません」

開け放たれた窓の向こうでは人々の喚声、悲鳴、怒号、物の破壊される音などが綯い交ぜとなった騒音として響いていた。

「愚かな者達です。騒いで暴れたところで一体何になると言うのでしょう」

「お、お耳障りで申し訳ありません」

メイド達が目を伏せながら答えた。

ここしばらくレディの感情はささくれ立っていて、何かあるとすぐに感情を荒らげてしまう。思う通りにならない状況、ひたひたと忍び寄ってくる破滅の気配を感じて苛立っているのだ。そのためメイド達は、僅かな失敗や失言でもキツい叱責を受けていた。酒杯を取り落としただけで命に関わるような打擲を浴びた者もいて、メイド達の神経は常に張り詰めていた。

そしてそんなピリピリとした空気を発する者達の中にいれば、レディだってリラックスは出来ない。おかげでますます神経を過敏に尖らせていくという悪循環に陥っていたのだ。

「皆、不安なのでございます」

そんなメイドの一言も、レディの気持ちを少しでも和らげようというものだったに違いない。しかしそれは彼女の意に反し、レディの感情を逆撫でしてしまった。

「だとしたら、ますます愚かです！　暴れたところで不安が解消されますか⁉」

レディの叱咤を浴びて、メイドは平伏す。

「も、申し訳ありません」

他のメイド達も怯えたような表情で次々と平伏していった。

「ど、どうぞお許しください」

結局、全員が床に頭を付けていた。それを見たレディは大きく嘆息して命じた。

「騒動の首謀者を、見せしめに公開処刑なさい。そうすれば、愚民共も自らの罪深さをきっと思い知るでしょう。そのように近衛兵に伝えるのです」

「か、かしこまりました。そのように伝えます」

メイドの一人が一礼して退室する。外に控えている近衛にレディの意志を告げるのだ。

近衛兵は遅滞なく命令を実行するに違いない。

「お前達も、もう下がりなさい」

非情な命令を下して怒りが収まったのか、レディはメイド達に下がるよう命じる。メイド達は静かに後ずさりながら退室していったのである。

周囲から人の気配がなくなると、レディは肩の力を抜いた。

「気の利かない無能者ばかりです。これだから、野蛮な国の人間はダメなのです。そもそも忠誠心というものが分かってないのです」

メイド達への不満を独り言ちながら、レディは鏡台へと向かう。

そこにあるのは、以前使っていた青銅をピカピカになるまで磨き上げたものと違い、色のまったく付いていない透き通った硝子に銀メッキを施したものだ。

平らで歪(ゆが)みがまったくないため、こちらの姿が生き写しになる。大きさも身の丈ほどもあり全身を映すことが出来るから、そこに自分と瓜二つ(うりふた)の誰かが立っているかのようでもあった。

これが異世界からの輸入品だと知った時は思わず捨てたくなったが、そう簡単に手に入る物ではないし、物に罪はない。そう思って愛用し続けているのだ。

その鏡の前に腰を下ろしたレディは、深々と溜息を吐いた。

顔を上げると、自分の顔が映る。

そこにはまだ若く美しく、一児の母とは思えない色香に恵まれた肢体があるはずだった。

しかし目の前にいる女は、酷く疲れた表情をしていた。きめ細やかだった肌は弛みを帯びて艶を失い、目は落ち窪んで輝きが損なわれ、唇はカサカサに乾いて瑞々しさを失っている。髪の毛も傷み、枯れ、輝きが失せていた。

「お前は……誰？」

自分の中にある、輝かしい美貌と生気に溢れた自らのイメージとの落差に愕然とした。

そしてこみ上げてくる怒りに震えた。

「何でよ……何で、何で何で！」

気が付いた時には、立ち上がって椅子を鏡に叩き付けていた。

激しい音が室内に響き、破片が当たりに散らばった。

「ううっっ、くっ……」

喉から絞り出すような声と、涙が溢れ出てくる。誰もいないと思うからこその油断だった。

だが声を掛けてくる者がいた。

「何と愚かなことをなさるのです？　それほど大きな鏡はもう手に入らないかもしれないというのに……」

レディは慌てて目を擦り、鼻を啜（すす）った。そして大きく息を吐いて振り返る。するとそこには、内大臣オルトールを筆頭に侍従達がいた。

「お前達、こんなところで何をしているのです？　誰の許しを得てここまで来たのです？」

侍従次官のセーンソム、アリバもいた。みんな抜き身の短剣を握りしめ、その切っ先を主君であるレディに向けていた。

「お前達、誰に剣を向けているか分かってるのでしょうね？」

「私達が剣を向けるのは我が主君に対してではない。無謀な作戦、卑怯な振る舞い、後先を考えない乱行でこの国を損ねた外国女なのだ！」

「そうだそうだ！」

侍従達は口々に言った。

「気でもふれたのですか？」

「いいえ、我々は冷静です。非常に、冷静、です」

「お気を違えられたのは女王陛下（ハーラム）。貴女のほうだ」

オルトールはレディを指差して罵った。

「貴女が過ちを犯しさえしなければ、こんなことにはならなかったのです！」

「そうだ！」

「誰か、誰か来なさい⁉　近衛の者達！」

レディの声に応じて駆け付けてきた近衛兵とメイド達は、その光景に凍り付くことになった。

侍従次官のセーンソムは幼い男児の手を引いて前に出る。そしてレディの前でその喉元に刃を突き付けた。

「な、何てことを⁉」

男児はレディの息子、先王の遺児だ。すなわち、このウルースの次期国王、正当な王位継承者である。レディを外国女と罵ったとしても、ある意味それは事実だから礼を失しているだけでしかないが、王子に剣を突き付けるのは反逆以外の何ものでもない。

「陛下、どうぞ大人しくしていただけますか？」

「近衛の者も下がるがよい」

王子を人質にされては、近衛兵もメイドも抗う術がない。部屋から引き下がっていった。

「王子を放しなさい！」

一人残ったレディが強く命じる。絶体絶命とも言えるこの状況でも、眦を決して威厳を感じさせるよう胸を張り、顎を上げ、毅然とした態度で勇気を奮い立たせていた。

「聞こえないのですか？　セーンソム、王子を放すのです」

「い、嫌だ」

しかしセーンソムは、何かの呪縛から逃れようとするような必死の形相でこれを拒絶した。

「そもそも我々がこんなことをしなければならないのも、全ては貴女のせいじゃないですか！」

「そうだ、そうだ！」

「我々が助かるには、もう貴女を差し出すしかないのです」

「オルトール！　アリバ！」

レディは内大臣と侍従に呼び掛ける。しかし忠良であった彼らから返ってきたのは、冷たい眼差しであった。

言うことを聞いてくれる者はもう一人もいないのか。

「イシハ！　イシハはどこです！」

だが、レディにはまだ頼みの綱が残っていた。イシハだ。彼ならば、この状況でも何とかしてくれるはずだ。

「宰相殿ならば、今頃はきっと捕らえられているでしょう」

しかしオルトールが言った。

「貴女と違い、あの男は七カ国連合に引き渡す価値もありませんからな。逆らうようなら殺してもよいと告げてあります。なのできっと今頃は魚のエサとなっているでしょう」

アリバが嘯き（うそぶき）ながらニヤリと嗤う（わらう）。

その酷なる笑みを見たレディは絶望した。

つまり、彼女にはもう頼れる味方はどこにもいないということだ。最後の希望も打ち砕かれたレディは、崩れるようにして床に膝を突いたのであった。

12

七カ国連合軍／総旗艦ナックリィ

総旗艦ナックリィは、アトランティアから徳島達が奪取した超大型船である。

もともと兵営船だったこの船には、パウビーノ達が閉じ込められていた。そのパウビーノの扱いでティナエ政府は日本政府と揉めることになったのだが、日本政府はこの問題を解決するために船の所有権を主張しないことにした。そのため、ティナエ海軍が自軍の船として転用、改修、再艤装したのである。

そしてこの船は現在、七カ国の艦隊からなる連合軍の総旗艦となっていた。

アヴィオン七カ国を構成する、ジャビア、ウブッラ、マヌーハム、シーラーフ、サランディプ、ルータバガ、そしてティナエの代表とその護衛、従者、付き人達が一斉に乗り込んでも一人に一部屋ずつ与えることが出来るのも、それだけの巨船だからなのだ。

「何をやってるの、シャムロック。そろそろ腰を上げなさいよ」

秘書のイスラがシャムロックの執務室に顔を出し、そろそろ会議室に行く時間だと告げた。

「会議と言ってもなあ、一体何を話し合うんだ？」

シャムロックは、机の上に両足を乗せて舷窓の外を眺めていた。

ティナエにいると、統領代行としての政務をしなければならない。寸刻もおかずに来客があり、官僚達が次々と書類を持ってくる。だがこの船に乗ってようやくその多忙さから解放された。しばしこの緩やかな時の流れに浸っていたいのだ。

もちろんその分、政庁の執務室の机には書類が山積みになっていく。今頃は大変な量になっているに違いない。しかし未来のことなど今考えても仕方がないのだ。

「そりゃ、今夜の食事のメニューの予想とか、あの女の脚はエロくて綺麗だーとか、今後の国際関係のこととかじゃないの？　あるいは捕まえた女王(ハーラム)をどう扱うか……とか？」

イスラは言いながら、男達が喋りそうなことを並べた。実際に会議でお偉いさん達がどんな話をしているかなんて、一介の秘書に分かるはずがないのだ。

「お貴族共の苦労話やら自慢話やらを聞かされる俺の身にもなってくれ」

「しょうがないでしょ。それがあんたの仕事なんだから」

それが七カ国連合代表の仕事だろとイスラは言いながらニヤリと笑った。

「こんなことが本当に代表の仕事なのかねえ？」

「戦いが終わった後、利益をどう分け与えるか、それを調整するのが政治でしょ？」

「仕方ないか……苦行の時間を耐え抜いてくるとしよう」

シャムロックはそう言って立ち上がる。そして執務室から出ようとしてイスラに尋ねた。

「それにしてもイスラ、これでよかったのか？」

「何のこと？」

「お前さん、これまで俺をさんざんアドバイスしてくれたじゃないか？　アトランティアのカウカーソス・ギルドと密貿易して大砲を手に入れろとか、王政復古派と影で手を結んでみたらどうか、とか？　一番凄かったのは、女王（ハーラム）が何か企ててるに違いないから絶対に統領と同じ船に乗るなってアドバイスだったな。まさかあんな手に出てくるとは予想できなかったが、俺は何とか命拾いしたし結果として代行になることも出来た。ま、そのせいで俺はお前さんが実は女王（ハーラム）と繋がってるんじゃないかって疑ったりもしたんだが……、お前は俺が邪魔な奴らの排除を手助ってもくれたよな？　結局、何が望みなんだ？」

「貴方に出世して欲しかったのよ」

「でもな、それだと大きな疑問が残ってしまうんだ。お前はどうやって女王（ハーラム）の計画を知ったんだ？　直感だとか予想だとか言っていたが、本当は違うんだろ？」

「実は、女王（ハーラム）のお気に入りの元帝国貴族の占い師が暗躍しててね。いろいろ入れ知恵されたのよ」

「占い師だと⁉　よかったらその占い師、紹介してくれよ。有用な提言をしてくれるなら厚遇するぞ」

「伝えておくわ。おかげで貴方は、ティナエの統領代行にまで成り上がれたんだけど、どう？　大満足でしょ？　わたしも今では統領代行閣下の秘書様よ。どこにいってもチヤホヤされる大出世だわ」

イスラはそう言って両手を腰に当てた。

「おいおい、俺はいつまでも代行でいるつもりはないぞ……」

「是非そうなってちょうだい。そうなったらこのわたしも統領閣下の首席秘書官様だわ」

イスラはそう言うと、シャムロックに歩み寄って服装の乱れを直した。そして彼の胸を軽く叩くと告げた。

「では、いってらっしゃい。もしこれまでのわたしの貢献に感謝する気持ちがあると言うなら、高報酬をお願いね」

シャムロックはイスラの声援を受けながら執務室を出た。そして途中で振り返るとイスラに向けて指先を向けた。

「任せておけ。お前に、国一番の秘書に相応しい額を払ってやる！　その占い師とやらにもな！」

「そうだわ。最後にもう一つ」

すると、イスラは言った。

「何だ？」

「侍従達の連れているプリムお嬢様。本物かどうかよく確認したほうがいいわよ」

「それも友人の占い師からの入れ知恵か？」

イスラは答えずに笑った。

シャムロックも「そうか」と笑うと、意気揚々と通路の角を曲がって姿を消した。

それを見送ったイスラは、それまで顔面に貼り付けていた満面の笑みを消した。そして自分の椅子にどっかり座ると、泣きそうな表情で天井を見上げたのである。

「ヤワになったな、あいつ」

イスラに対しては、いずれ代行の二文字を外すと言ったが、シャムロックはそんなもので満足するつもりはなかった。ここまで来たら、次の目標は七カ国を統合する連合体のトップなのだ。

幸いにしてアトランティアに引導を渡すための連合軍を七カ国で組むことが出来た。戦争終了後もこの体制で指導的立場を維持していけば、シャムロックの権勢はますます強まるはずだ。

これからの会議では、それを話し合えばよい。会議で何を話したらいいか分からない、なんて愚痴ったりしたが、しなければならないことは次から次へと湧いて出てくるものなのだ。

「七カ国が共同すれば、帝国とて我々を軽く扱うことは難しくなる。今回のような共同体を維持して、帝国の頸木に抵抗してやろう」

団結を維持するには、新しい敵を設定するのが一番だ。そうすれば、他国の代表達も耳を貸すはずであった。

「ただ、そうなると、問題はレディをどうするかだなあ」

レディの扱いは、実を言うとなかなか難しい。

国民感情は、七カ国中を引き回して徹底的に辱めて八つ裂きにしろと叫んでいた。大衆の前で断頭台に力ずくで首を据えさせ、細いうなじに斧を振り下ろすべきなのだ。

しかし、レディは帝国の、現女帝の従姉妹でもある。

確かにレディは女帝との関係がよくない。しかし、皇帝の血を引く貴顕を傷付けてしまえば、帝室との関係は決定的におかしくなってしまうのだ。

「皆様、失礼いたしました。遅れてしまって」

シャムロックは、会議室の扉を潜ると第一声を発した。既に他の六カ国の代表達が集まっているのが見えた。

皆はシャムロックの顔を見た途端、談笑をパッと止めた。

どの顔もシャムロックより年を取った老人達だ。アヴィオン七カ国は、レディ女王（ハーラム）の卑怯な騙し討ちで、国主や大切な跡取りを失った。それらに代わって現在国を治めているのは、生き残った先代国主である老人か、若過ぎる跡継ぎである。そして今回の最後の戦いで兵を率いて参集したのは老人のほうであった。

「いや、我々が早く来過ぎただけだ」

「そうそう。約束の時には至っておらぬ。代行殿が気になさる必要はない」

どうやらみんな勝利の期待に気持ちが急いているのか、予定よりも大幅に早く集まったらしい。

「で、今何の話をなさっていたのです？」

シャムロックが尋ねると、シーラーフの老主エドモンが答えた。

「いや、我が子の敵（かたき）を討てるのが楽しみだという話をしていたのだ。アトランティアをどのように焼き払うかという話をだな……」

「いやはや、エドモン殿は少しお気が早い。アトランティアはまだ、プリメーラ姫を虜（とりこ）にしているのですぞ。その安全を確保できなければ、アトランティアを焼き払うことなど到底不可能です」

「もちろんプリメーラ様の御身が大事なのは大前提じゃ。儂にとってもご令嬢は旧主の忘れ形見。そして亡息の嫁でもある。何としても、ご無事に取り戻さねばな」

「ですが、既にアトランティア侍従達が、内応を申し出ているとか。だとしたら、姫を取り戻すのもそれほど苦労はありますまい」

「しかし彼奴(きゃつ)らは、代わりに自分達の安全と財産を保障しろと言ってきているではないか？」

「しかも、プリメーラ様の解放は、自分達が安全な場所に逃れた後だなどと抜かしているとか？　自分達の立場を弁えない強欲な要求とは思わぬか？」

代表達は揃って頷いた。

「ならば奴らを騙せばよい。これまでに奴らはさんざん儂らに卑怯な騙し討ちを仕掛けてきたんじゃ。安全なところまで逃げたと思わせておいて、ホッとしたところを討ち取ってやってはどうじゃ？」

「おお、それがいい」

さぞ痛快な体験になるに違いないと六カ国の代表達は揃って笑った。

後先考えていないというか、感情に溺れているというか……何とも過激な老人共だ。

シャムロックは内心で嘆息しつつ、会議室の自分の席に腰を下ろす。すると伝令士官がやってきて告げた。

「前衛艦よりのご報告です。前方より、艦影一つ見ゆ、とのこと」

「どこの船だ」

　誰よりも早くシーラーフの老主が問うた。

「アトランティアです、非戦を乞う中立旗を掲げています」

　シャムロックが命令する。

「この船に接舷を許可するよう艦長に伝えてくれ」

「了解」

　士官は敬礼すると会議室から出ていった。

「いよいよじゃな。佞臣(ねいしん)共が女王(ハーラム)を捕らえてきたぞ」

「皆、甲板に出て囚われの身となった女王(ハーラム)を出迎えてはどうじゃろう？　惨(みじ)めな姿を見物してやろうではないか」

「おおっ、そうしよう」

　老主の提案に皆が嬉々として賛同の声を上げる。そして重たい腰を上げると、甲板へと向かったのである。

　アトランティアからやってきた船は中型で、帆を全て下ろして櫂のみで進んでいた。

周囲には七カ国連合の戦闘艦がずらっと並び、どの船も砲門を開いていつでも撃てるように構えている。白旗を掲げている船に対し過剰ともいえる警戒ぶりだが、アトランティアのこれまでの所業を考えれば、警戒はいくらしてもし過ぎとは言えないのだ。

四方全てから大砲を向けられている状況で、アトランティアの船はやがてナックリィ号と互いに左舷を向け合う形で静止した。

相互に舫(もや)い綱が投じられ、それを手繰(たぐ)り寄せて舷側(げんそく)にフェンダーを挟んだ形で固定される。そして行き来できるよう舷梯が渡された。

シャムロック達七カ国の代表は、舷梯に立ち向こう側へと目を向ける。するとそこには、アトランティアの女王(ハーラム)であるはずのレディが、独り佇んでいたのである。

＊　＊

その頃アトランティア・ウルースでは、王城船を群衆が取り巻いていた。

王城船の周囲には、迎賓船や船渠船、軍隊が使用する船といった大型船が多い。特にパウビーノ強奪の際に襲撃を受けたことがよほど恐怖だったのか、レディは王城船区に大型の船を多く集めていた。

船はその構造から、小さなものほど甲板が低くなり、大きな船ほど甲板は大型のビルの屋上がごとく高いところに位置する。そのため、王城船区の大型船からは、その周辺が一望でき、警戒もしやすいのである。

そして今、王城船区を取り囲む中・小型船の甲板には、海に溢れ落ちそうなほどの民衆が集まっていた。まるでウルース全ての民が集まったかのようだ。

「何とかしろ！」

「女王（ハーラム）は敗戦の責任を取れ！」

民衆の叫びは、現状に対する不安と不満を露わにしたものであった。

要するに、死にたくない、助けてくれ、安心させてくれという叫びだ。しかし、もうどうにもならないこともみんなは理解している。そのため必然的に、『俺達の代わりに死ね』あるいは『超常的な方法で状況を何とかして見せろ』といった意味合いの言葉が、非理性的な罵倒表現へと変わって飛び交っていた。

しかしながら、時間が経過していくとその叫びの内容に変化が表れた。

「レディは、退位しろ」

「プリメーラ様を女王に！」

レディを廃し、プリメーラを女王として推戴（すいたい）しようという声が出てきたのである。

もちろん、その声の発信元は花街の女性達、そしてその客である男達である。花街中の娼姫達が、自分の贔屓の客達に声を掛けて賛同者を募ったのだ。

「あ、あんたら一体何を言ってるんだ？」

王城を取り囲んでいた人々は、彼・彼女らの主張の意味が分からず問いかけた。

「だから！　レディがこの国の女王だからウルースは攻められるんだろ？　だったら、女王を変えればいいって話だよ！」

「でも、女王が変わったとしても、七カ国軍は攻めてくるんじゃ……」

「だからプリメーラ様にするんだよ。あの方が女王になれば、この国はアヴィオン王国だ。七カ国だってもともとはアヴィオン王国だったんだぞ。七カ国の軍隊だって攻めにくいはずだ！」

「……そ、そういうことか」

「それでも七カ国連合が攻めたいって言うんなら、ウルースの船団を二つに割って、あっちはアトランティア、こっちはアヴィオン王国ってやればいいんだよ！」

「そ、そうか……空になった船団を煮るなり焼くなり好きにしてくれと差し出して、俺達はアヴィオン側に逃げればいいのか」

「でも、そんな都合のいいこと……上手くいくのか？」

「ダメかもしれないけど、何もしなきゃ酷いことになるのは間違いない。ならこの手に懸けるしかないだろ！」

「そうだ。ダメでもともと。やれることをやろう！」

こうしてウルースの人々は、プリメーラを女王に推戴し、この国をアヴィオンにしようという声を上げ始めたのである。

いや、声だけではなかった。群衆達の背中側、その遥か後方では、そのための政治的な工作が始まっていた。

「財務尚書のガロン・メ・ディフェスでございます」

「国務尚書のアドニス・メ・ディズゥエラ。プリメーラ様のお召しにより参上いたしました」

「法務尚書、ダントン・エ・クシールマガップです」

「軍務尚書、デクスター・ラ・タンド」

「外務尚書、ベル・ベト・ウィナー」

「王璽尚書、モルガ・ミ・ファ。ただ今参りました」

妓楼船メトセラ号には、プリメーラを支える家臣達が集まっていた。

彼らは一様に戸惑い顔を見せていた。

女王として近々戴冠するはずのプリメーラが、どうしてこんな妓楼にいるのか。そしてこの危機的状況の中で、どうして自分達が呼び出されたのか、その理由が今一つ呑み込めなかったのである。

プリメーラは扇で顔を隠しながら囁く。それをプーレが代言した。

「事情は手紙に書いた通りです。貴方方には、これからそれぞれの役務に基づいて役所に赴き、部下を掌握していただきたいのです」

「と、申されましても……」

確かに、事情の説明は手紙に書かれていた。しかしアヴィオンには治める国土も国民もいない。彼らは大臣に相当する尚書職にあるが、それは名前だけの名誉職に過ぎないはずだ。

「細部は、私から説明いたします」

すると、江田島が一歩進んで計画の説明を始めた。

「これよりプリメーラさんは、民衆の後押しを得て、このアトランティア・ウルースを乗っ取ります。抵抗する者は、我々が実力で排除します」

シュラとオデット、そして完全武装した徳島、更に伊丹がそれぞれ一歩前に出る。

「これはいわゆるクーデターです。全ては七カ国連合の攻撃が始まる前に済ませてしまわなければなりません。つまりスピード勝負。なので、皆さんも実際よりも形式を、見た目を重視してください。そして地縁血縁、友人知人を通じて、このウルースの有力者達に帰順を促してください。七カ国連合軍が攻めてくる前に、アトランティア・ウルースにある全ての旗を、新生アヴィオン王国のものにすげ替えてしまうのです」

江田島はそう言って、アヴィオン王国の国旗を取り出した。

「し、しかし……」

「では、座して滅びを待ちますか？　焼き払われる運命を甘んじて受け入れますか？」

「うっ……」

その時、プリメーラが顔を覆っていた扇を畳んだ。

「わたくしも、これ以外の方法では皆を救うことは出来ないと思います。わたくしはこの海の真ん中に自分の国を立ち上げることで、荒波に放り出され溺れようとしている彼らを掬い上げたいのです。貴方達は、確かにお飾りの名誉職のつもりでわたくしから辞令を受け取ったかもしれません。しかし、それでも股肱の臣、わたくしの閣僚でしょう？　ならば、わたくしとわたくしの国を支えてください。それが嫌ならば、今ここで職を辞してくださいまし」

プリメーラは自らの口からそれらの言葉を放ちながら、真っ直ぐ閣僚を見据えた。

まだ戴冠していないが、女王の威厳に満ちた視線を浴びた閣僚達は、弾かれたように姿勢を正し、互いを見合った。そして意志を確認するように頷き合った。そう、プリメーラの言うように、少なくともこのままでいるよりは遙かに希望が持てるのだ。酒を飲みながら、虚飾の栄達に浸って滅びの時を待とうかと思っていたが、そんなことよりも行動したほうが遙かにマシと言えた。

「ご下知、拝受つかまつります」

「我ら一同、直ちに庁舎船に乗り込み、それぞれの職権を掌握いたします。そしてどのような手段を使ってでも、国内有力者や貴族達に、女王陛下に帰順するよう促します」

「では、そのように」

「はっ！」

閣僚達はそれぞれ一礼してメトセラ号の広間を出ていった。

そして彼らを見送ると、完全装備姿の伊丹はこの特地での愛銃となりつつあるＭＰ７に弾倉を装填しながら皆に告げた。

「じゃ、そろそろ俺達も参りますか。準備はいいかな、徳島君」

「もちろんですとも伊丹さん。僕はいつでも行けますよ」

海自迷彩服に身を固めた徳島は、９ミリ機関拳銃に弾倉を装填した。

「ボク達のことも忘れないで欲しいね」

「そうなのだ」

革鎧と銛(もり)や弓で武装したシュラとオデットも前に出た。

そして更に――

「あたいらも行くニャ」

広間から出てみれば、妓楼船メトセラ号の甲板には、鍋や釜を被り、すりこ木棒や洗濯板、包丁で武装した娼姫達が参集していたのである。

メトセラの娼姫だけではない。この花街全体の娼姫達や男衆が集っていた。

さすがに江田島も、この出で立ちの彼女達を引き連れていくのはどうかと思ったが、プリメーラは「皆の心を嬉しく思います」と言って同行を許した。そして、妓楼船メトセラ号の豪奢(ごうしゃ)な輿(こし)に乗って担がれたのである。

その時、一人の料理人が前に出てきた。

徳島は素早くその男に銃口を向けたが、料理人は言った。

「姫様、私です！」

「パッスム!?」

パッスムは、包丁と棍棒を装備していた。

「はい。姫殿下の大恩に浴(よく)しながら、裏切りを働いたパッスムです。本来ならば、二度と御前に出ることの敵わぬ罪人であることは、重々承知しております。なれど、姫様の大勝負とあっては、参上しない訳には参りませんでした。このパッスムに、是非とも罪滅ぼしをさせてください」

徳島はパッスムを見て狡(ずる)いと思った。

このように皆が集まって力を合わせようという雰囲気の中では、パッスムに対してお前だけは来るなと断れるはずもない。実際、プリメーラは扇越しにプーレに囁いて、プーレが代言する。

「よくぞ駆け付けてくれました。パッスムも一緒に参りましょう」

「ありがたき幸せ」

皆が喚声を上げる中、パッスムもまた、プリメーラの乗った輿を担ぐ男達の一人となったのだ。

「伊丹君、徳島君、お二人には負担をかけることになりますが……」

江田島が伊丹と徳島に囁く。

「分かってます」

彼女達に危険が及ばないよう、その分だけ伊丹と徳島が気を張ることになったのである。

プリメーラを担ぎ上げた群衆は王城船へと向かう。

その途中、王城側の抵抗はなかった。時々、兵士達の一隊と遭遇したが、兵士達は道を塞ぐでもなく、ただプリメーラ達の物々しさに困惑した様子で見送るだけだったのだ。

「どうも、兵士達に命令が出てないようですね。王城で何が起きてるんでしょう」

江田島が首を傾げる。

「この雰囲気はベルリンの壁が崩壊する際の東ドイツ軍の様子に似ています」

ベルリンの壁を警備する東ドイツの兵士は、国境を越えようとする者は射殺するのが当然という非情さで知られていた。しかし、東側諸国へのソ連による頸木が外れ、状況の変化が始まると、民衆がツルハシで壁を壊す行為すら黙って見守ってしまった。国境の往来を許し、手続きなしでの越境も許し、あれもこれもと許していく。そんな状況下で今更壁を壊すなと禁じても意味がない。いわば、蟻の一穴がダムを倒壊させるように心が力動した。

「もしかしたら、女王共々上(ハーラム)の連中は逃げてしまったのかもしれないよ」

そんな有り様の背景を、シュラが楽しげに予想した。プリメーラの安全を気遣うシュラからすれば、抵抗などないに越したことはないのだ。

「それは当たっているかもしれませんね。ならば先を急ぎましょう」

こうしてプリメーラ達は、すんなりと王城船まで辿り着いたのである。

王城船からはさすがに警備は厳重だった。舷門には警備の兵士が立っており、暴徒は決して通さないと身構えている。

しかしプリメーラは本来、王城船内にいるべき存在だ。女王（ハーラム）とともに、王族の礼遇を受ける立場にあって、近々アトランティア主宰の戴冠式を迎えるはずでもある。

「プリメーラです。帰って参りました。ここを通していただけますか？」

そんな存在が、どうやって出掛けたのかはさておき帰ってきたと言うのだから、舷門を塞ぐ兵士も迎え入れるしかないだろう。とはいえ本当に通してしまっていいのか、と兵士は一瞬躊躇い、誰かに指示を仰ぎたくなった。だが、彼らに指示する者は一人もいなかった。

「あんた達、失礼にも程があるよ。姫様をこんなところで待ちぼうけさせとくつもりかい⁉」

プリメーラを後押しする女の一人が叫んだ。

こうなると近衛兵も困惑顔ながらプリメーラを通すしかなかったのである。

プリメーラを後押しする娼姫達も、後に続こうとする。だが、さすがに近衛兵が禁じたので、江田島は皆にはその場で待ってもらうことにした。

こうしてプリメーラは主立った者達だけで、無主の王城船へと戻ったのである。

「女王（ハーラム）レディはどうしたのです？　逃げたのですか？」

江田島は困惑顔の近衛兵に問いかけた。

「わ、分かりません」

「じ、実は、侍従達が反乱を起こして捕らえられたという噂があります」

近衛兵の一人が、ぼそりと答えた。

「その反乱を起こしたという侍従達はどこにいるのですか？　何をしているのです？」

「分かりません。女王（ハーラム）陛下も、王子殿下もいなくなっています。実は我々も困惑していたのです。プリメーラ様、我々はどうしたらよいのでしょう？」

江田島は言った。

「概ね状況は把握しました。どうやら、王城は中枢の所在が不明となったために機能が完全に麻痺しています。しかし我々にとってそれは大変都合がよいことでもあります。まずは――シュラさん、近衛兵達を掌握してください」

「えっ、ボクがかい？ ……分かったよ、副長」

シュラはそう言うと、近衛の指揮官に対し、部下達とともにプリメーラに仕えるよう求めた。

「お、お前はシュラ・ノ・アーチ！」

突然現れた手配犯を前に、近衛兵達は緊張して身構えた。しかしシュラは続ける。

「ボクに懸賞金を懸けた女王レディはもういないんだ。侍従達がいないのも、この国から逃げたからだ。そう、君達は見捨てられて置いてきぼりにされてしまったんだよ。このまま七カ国連合に攻められ滅びゆくのを座して待つかい？」

「で、ですが、我々は名誉ある近衛で……」

「だからその名誉を、これからはプリメーラの下で輝かせないかって言ってるんだ。今、決めるしかないよ。どうする？」

なかなか首を縦に振らないが、近衛達はシュラの言葉に耳を傾けている。

どうやら上手くいきそうだと思った江田島は、プリメーラに先を急ごうと促した。

プリメーラはシュラに後を任せると、徳島と伊丹を露払いに使い、プーレやオデットらとともに王城船の更なる深奥、玉座の間へと向かったのである。

13

アトランティアの女王レディが、舷梯を渡ってくる。その様子を、シャムロックを先頭にした七カ国の代表達はじっと見守っていた。

レディは部屋着のままで、髪も整えていない。眠っているか、部屋で寛いでいるところを捕らえられたということがよく分かる姿だ。

一歩ずつ、力のないふらついた足取りで、シャムロックら代表達の待つ総旗艦ナックリィへと渡ってこようとしている。ちょっと船が揺れたり風が吹いたら、舷梯から転がり落ちてしまわないかと心配になるほどだ。

やがてレディの蒼白となった表情、姿がはっきり見えるところまで近付いた。

女王にもかかわらず、身を飾る装身具が一つもない。全身をガタガタと震わせている。それでも唇を噛み、眦を吊り上げた必死の形相で進んでくる。

「見ろ、裸足だぞ」

代表達の一人が指差して囁く。

「一時は七カ国全てを呑み込もうとしていたアトランティアの女王（ハーラム）が、何とも惨めなものだのう」

代表達はその零落（れいらく）した姿に苦笑した。

二つの船を繋ぐ舷梯の真ん中まで来たところで、レディは足を止める。そして後ろを振り返った。視線はアトランティア船の船橋部にいる男達へと向けられている。

そこには、かつて彼女の臣下であった侍従達がいた。

その群れの中には、小さな子供もいる。見れば、子供には短剣が突きつけられていた。きっとレディの子供に違いない。その命と引き換えにという条件で、レディは自らこちらに向かって歩いているのだ。侍従の一人は、改めて短剣を子供の喉元に近付けて、早く進めと促した。

それを見たレディは涙を拭くと、震える足を再び前に向けた。

そして舷梯を渡りきる前にもう一度立ち止まる。

背筋を伸ばし威厳を取り戻そうと胸を張り、尊大な表情となって周囲を見渡した。

「アトランティア・ウルースの女王（ハーラム）が参りましたよ。皆の者、盛大な出迎えご苦労です」

レディは言いながら、ナックリィ号の甲板に降り立った。

「女王（ハーラム）レディ。お久しぶりです」

シャムロックは前に出てレディに相対した。

「シャムロック。ティナエの統領代行となったそうですね。十人委員の最下位から上位九名を追い抜いての立身出世、ここはおめでとうと祝うべきかしら？」

「祝辞ありがとうございます。しかし全ては女王（ハーラム）レディのおかげでございます。貴女の卑怯な騙し討ちで七カ国は大混乱に陥りました。どの国も政変に見舞われ、立て直しに非常に苦労したのです」

「そうだ！」

「我らは、お前の卑怯な騙し討ちで息子を失ったのだ！」

「大事な家臣を大勢亡くしたのだぞ」

七カ国の代表達が口々に罵る。するとレディは言い返した。

「お前達の子供や家臣達は、戦いで死んだのです。国と国との駆け引きに敗れて死んだのです。確かにわたくしは詐術も策略も弄しました。けれど、お前達の息子や家臣達にはそれを見破る力がなかった。優勝劣敗、弱肉強食は世の習いでしょう？」

そんなことも知らないのかと、レディは代表達をせせら笑った。

「言うに事欠いて……我らの子らを劣っていると罵るか？」

「事実でしょう？　だから死んだのです。それをことさら持ち出して恨むなど、匹夫の振る舞いですよ。そもそも国と国との争いに卑怯も何もあるものですか。清廉潔白な国家、王侯、貴族？　そんなものわたくしはついぞ聞いたことがありません。真の王侯貴族ならば、いかなる戦いであろうと、臨んで破れたのなら死は従容として受け容れる。そのぐらいの度量は身に付けているはず。今更喚き立てるのは匹夫としか言えないでしょう？　違いますか？」

「うぐ……」

代表達は怯んだ。

しかしシャムロックは言った。

「なるほど、確かに女王レディのお言葉通りだ。そして今、貴女が臣下に裏切られ、我が子を人質に我らの前に突き出されることになったのも、能力的に、知謀的に、そして人望的に劣っていたからに他ならない。そうですね？」

「……」

レディは返す言葉が思いつかないのか、シャムロックを睨み付けた。

「これから貴女は、我々の虜囚だ。民達は海賊達に苦しめられた恨みから、貴女を殺せ、八つ裂きにしろと叫んでおります」

「我らとしては、民に好きにしろと貴女を下げ渡してもよいのだぞ！」

「どうだ。恐ろしいか？　我らに情けを乞いたいのなら、我らに息子を返してから言え！」

　だがレディは、キリッとした表情で言い返した。

「誰が情けを乞いたいと言いましたか？」

「何だと？」

「こうなったからには、好きにすればよいのです。勝者の権利として、わたくしを好きなだけいたぶり、辱めればよい。でも、ことわたくしに関しては、お前達の思うようにはなりません。奴隷達にわたくしを陵辱させ、それぞれの国で引きずり回して痛め付け、わたくしが断頭台に据えられて、泣き叫び、赦しを乞う姿を民に見せびらかしたいのでしょうけれど、わたくしは絶対にお前達の望むようには振る舞いません。お前達を決して喜ばせてやるもんですか！」

「何だと！」

「盗っ人猛々しいとはこのことだ！」

「女王（ハーラム）レディ。その強がりがどこまで続くか見物ですな。とりあえずは、薄暗いじめじめとした牢屋にてお寛ぎください。そして最初は、貴女の国が炎上し、全てが焼き尽くされるのを特等席でご見物いただく。アトランティアの民達の嘆きと叫びを目の当たりにしても、その態度が続けられるかどうか、とても見物だ」

シャムロックはそう告げると、海兵を呼んでレディを船倉の牢へと案内するよう命じた。

二人の兵士がやってきて、レディを左右から挟み立つ。

すると、レディは言った。

「シャムロック、私もお前のその強がりがどこまで続くか楽しみにしておりますよ。あんまり背伸びを続けていると、高転びに転ぶことになります。お前が蹴躓（けつまず）いた時、その滑稽な姿を指差して盛大に笑ってあげましょう」

こうしてレディは、兵士二人に挟まれ引き立てられ、牢のある船倉へと下りていったのである。

「ふん、太々しい女だ」

「だがあの誇りの高さは本物だ。さすが、帝室の血を引くだけのことはある」

「いい女でもあるしな。こんな形で出会ったのでなければ、口説きたくなるほどだ……」

「しかしあの鼻をへし折るのは簡単ではないぞ」

「はっ、王子を人質にして脅せばよい。さすれば態度も変わってたちまち赦しを乞うであろう」

「ですが、幼い王子を使って脅すのは外聞がよくない。帝室との関係も悪くなる恐れがあります。今後の外交を考えるなら避けるべきかと」

「確かに、罪があるのはあの女であって、子ではないのだからな……」

「どうじゃろう？　王子の待遇交渉を受け容れることを条件に、あの女に持ちかけるのです。民に対して赦しを乞い、泣き叫べと。さすれば民衆もきっと満足するだろう」

代表達はそれがよいと口々に語った。

そうこうしている間に、セーンソムが王子の手を引いて渡ってきた。

向こう側の船には、侍従達の多くが残っている。中には薄桃色の髪をした女もいた。

おそらくはプリメーラに違いあるまいと代表達は思った。

「約束通り、女王（ハーラム）の引き渡しをいたしました。こちらは王子殿下でございます。これで我らの退去をお許し願えますな？」

「しかし、プリメーラ様はどうする？」

「あちらにおいでです。我らが皆様から十分に逃げられるところまで離れましたら、プリメーラ様をお引き渡しいたしましょう」

そのために七カ国連合側の短艇一艘と漕艇員を寄越して欲しいと言った。

「なるほど。その短艇にプリメーラ様を乗せて返そうという訳か」

「それがよかろう」

代表達は、納得したのか揃って頷いた。

しかしその時シャムロックは、イスラの言葉を思い返していた。秘書イスラのアドバイスはこれまで外れたことがないのだ。

「だが、プリメーラ様が本物かどうかは確認をさせてもらいたい」

「い、いや。プリメーラ様は、あそこにおいでです」

シャムロックが舷梯を渡ろうと踏み出す。しかしセーンソムは慌てて道を塞いだ。

「だから、それが本物かどうか確認したいのだ」

「その必要はございません」

「どうしたんだ？　我々はプリメーラ様に、これまで虜となっていた心労を労い、あと少しの辛抱で解放されると言って、お慰めしたいだけなのに」

「そうじゃ。我らとて、ここまで来たからには無理にこの船に連れ帰ったりはせぬぞ」

「い、いえ……それはどうぞ……ご、ご遠慮ください」

額や全身から脂汗を流して必死になっている姿に、七カ国の代表達も訝しがった。

「シャムロック殿、いささか怪しいとは思わぬか？」

「我らの胸中にも、非常に強い疑念が湧いてきましたぞ」

「もし本物ならば、我らに引き合わせることなど何の問題もなかろうにのう？」

皆に言われると、セーンソムは震える足で後ずさりした。先ほどのレディを彷彿させるおっかなびっくりな足取りだ。

「どうした、セーンソム？」

緊張に震えていたセーンソムがついに限界を超えた。「わあああ」と突然叫び出すと、回れ右して自分の船に向かって走り出したのだ。

その背中を見て代表らは言った。

「どうやら、あそこにおわすプリメーラ様は偽者で決まりのようじゃな」

「攻撃を始めろ！」

シャムロックの号令で、舷側に弓兵がずらっと並ぶ。兵士達は弓矢を満月のごとく引き絞った。

「放て！」

無数の弓箭(きゅうせん)が雨あられとアトランティアの船に降り注いだ。そしてその間にティナエ、シーラーフ、ルータバガの軍船が体当たりをするかのごとく舷側を寄せ、兵士達が一斉に斬り込んでいったのである。

戦う用意がまったく出来ていなかったアトランティアの船はたちまち制圧された。戦いと呼ぶには一方的過ぎる騒動の結果、セーンソムや侍従達は矢を受けるか剣で切られるかして倒れ伏した。

これまで忠誠を捧げていた女王を差し出してまで助かろうとしていたのに、こうなってみると実に呆気ない末路といえた。後に残ったのは、逃げようとも抵抗しようともしなかった船員達数名とプリメーラに良く似た女であった。

「その女を連れてこい」

シャムロックの指示で、薄桃色の髪の女が総旗艦ナックリィ号に連れてこられた。

「貴様は誰だ？」

シャムロックが問うと、プリメーラの容姿が突如として崩れ出した。そして妖艶な女へと姿を変えたのである。

「おおっ」

代表達がその艶っぽい姿への変化にどよめいた。

「わっちは、ミッチというちんけな元娼姫でありんす。こうして、どなたさんにでも姿形を変えられるので、大勢のお客様にご贔屓にしていただいておりんした」

「はい。宰相様に身請けされる前は、妓楼船メトセラ号を飾る花の一輪でありんした」

「ふむ、そうか。それでプリメーラ様はどうした？」

「さあ」

ミッチは首を傾げる。

「さあ、だと？」

「どこかに逃げて隠れてらっしゃると聞いておりんす。それ故宰相様はわっちに影武者となるようお指図されたのでありんす。いつ姫様が戻られてもよいように、と……」

「なるほど。本物が見つからなかったら、戴冠式は偽物で挙行するつもりだった訳だな」

シーラーフの老主が、溜め込んだ苛立ちを晴らそうとするかのごとく言った。

「とにかく！　プリメーラ姫はアトランティアの人質にはなっていないのだな？」

ミッチは「はい」と頷く。

すると、シーラーフの老主が剣を抜いて叫んだ。

「よく分かった。これでアトランティアを総攻撃するのに何の憂いもない！　では皆の衆、これよりアトランティアに攻め込むぞ！」

すると代表達は、声を揃えて「おおっ！」と応えたのであった。

「元娼姫？」

＊　　＊

アトランティア・ウルースは大騒ぎになっていた。

ただし、先ほどまでの暴動や騒乱とは異なっていた。今やウルース全体が一丸となって、プリメーラの戴冠とアヴィオン王国再建の準備を進めているのだ。

その準備には、ウルース全体の装いを『アトランティア』から『アヴィオン』へ一新するという作業も含まれていた。

例えばあちこちで掲げられているアトランティアの国旗を降ろし、アヴィオンの国旗にすげ替えるのである。

可能ならば、主立った船の色を塗り替えることも求められた。これまでは、いかにも海賊っぽい黒系統に塗装された船が多かったのだが、それらは全て白色に塗り替えられようとしていた。

「なに、白のペンキが足りないだと？　仕方ない！　いかにも海賊って感じの船は、白く塗ったでかい船の陰に隠れるよう係留しろ。急げ！」

全ては、アトランティアをぶっ潰して焼き払い、「お前ら全員奴隷にしてやる。嫌だと言うならぶっ殺～す！」と眉間に皺を寄せて襲ってくる七カ国連合に対し、「ここはアトランティアじゃないよぉ～」「ここはアヴィオンで、俺達はプリメーラ様の臣民だよぉ～」としらばっくれるという、国を挙げてのペテンに挑むためなのである。

まるで冗談のような作戦だが、みんな生き残るため、これ以外の方法はないと真剣にこの作業にあたっていた。しかも一連の作業を、七カ国連合が攻めてくるまでに完了させなければならないから、男も女も必死だ。腕力自慢の男は船の色を塗り替え、手先の器用な女は家で手巾や衣服を切り裂いて、アヴィオンの国旗を作る作業を行っていった。

そしてその作業は、王城船にも及んでいた。

メイド達はプリメーラの戴冠式に向け、庭園船の掃除と飾り付けにかかっていた。近衛と警備兵達も式に向けて上を下への大騒ぎとなっている。

「中央階段は上り専用だ。下ろうとする者は、船首側階段を使え！」

唯一の救いは、戴冠式の準備が以前から始まっていたことだろう。

見栄っ張りなレディは、自分が主宰する式典で遺漏などあってはならないと、近衛の制服デザインを新調し、会場の飾り付けも用意し、プリメーラの衣裳や身に纏う宝飾品、戴冠式に使う宝冠といった物も全て揃えさせていた。後はその梱包を解くだけになっていたのだ。

「うわあ、これは綺麗だ」

「実に気品がありますねえ」

プリメーラの控え室に入った徳島と江田島は、その装いを見て感嘆の声を上げた。

「は、恥ずかしいです。そんなに見ないでくださいまし」

プリメーラは真っ赤になった顔を扇で隠す。王城船のメイド達が全力で飾り立ててくれたのだ。

「恥ずかしがることないのだ」

「そうだよ、プリム。今日の主役は君なんだからね。しかも装いが美しいばかりじゃなくて、威厳が感じられる見事な衣裳だ。きっとみんな見惚(みと)れると思うよ」

そう言うシュラは、近衛の制服を纏っている。オデットも、美しい四海神に仕える巫女の出で立ちとなっていた。

「トクシマ、エダジマ、オデット、そしてシュラ。全ては皆のおかげです……」

「何を言ってるんだい、プリメーラ。全てはこれからじゃないか？」

「そうなのだ。これからも三人で力を合わせてやっていくのだ」

「でも、お礼を言いたかったのです。特に二人には……」

「……徳島君」

「はい」

江田島の合図で、徳島はプリメーラの控え室を出ることにした。ここは親しい者だけにしたほうが良いだろうという大人の気遣いだ。

メイド達も徳島らとともに控え室を出る。

「君達は、プリメーラさんに仕えることになって、思うところはない？」

徳島はメイドに尋ねた。突然主を変えろと言われた人々の心境を確認しておきたかったのだ。

「今日、突然引き合わされた訳ではありませんので」

「酔姫（よいひめ）様は、女王（ハーラム）レディの客としてここにおいででしたので、私達としてもそれほど違和感はないのです」

「かえって仕えやすいぐらいです」

「そっか」

どうやらこの王城に軟禁されていた時の心証がよく働いているらしい。兵士やメイド達からの拒絶反応がないのはそのおかげのようであった。

扉を閉じると、最後にはプーレまで廊下に出てきていた。

「おや、プーレさん。貴女まで出てくる必要はなかったのでは？」

「いいえ。あの三人の長い付き合いに比べたら、私なんて新参者ですから」

「ま、それも気遣いの一つでしょうね。では、私はこの時間を利用して、式典会場の様子を見て参りましょう。徳島君は、厨房が上手く回っているか見てきてくれますか？」

「はい」

「プーレさんはどうしますか？」

「王璽尚書様にお目通りして、式次に変更がないか最終の確認をしてきます」

こうして三人は、各々分担した場所へと向かったのである。

やがて、シュラとオデットがプリメーラの控え室から出てくる。

「あれ？　誰もいないな」

「もう少ししたら、プーレが戻ってくると思うのだ」

「そっか。少しなら大丈夫かな……」

何しろ王城船の中は人手不足である。本来ならば細かいところまで気を遣って手配する侍従達は、全員逃げ出してしまった。それぞれの部門を統括する責任者もいない。そのためシュラもオデットもそれぞれ複数の役職を抱えており、すぐに控え室を離れ仕事に戻らなければならなかったのだ。

繰り返すが、王城船やその周囲はごった返していた。

そのため怪しい者が、例えば黒い翼の翼人女性がプリメーラの控え室に近付いたとしても、誰も訝しがることはなかったのである。

＊　＊

異変に最初に気が付いたのは、オデットであった。

「あれ？　プリムは？」

王城所属の巫女達と儀式と祝詞についての打ち合わせを終えて控え室に戻ったら、プリメーラの姿がなかったのだ。

「お手水ではないでしょうか？」

先に戻っていたプーレが答える。

「お前もプリムを見てないのか？」

「私が戻った時には、既に席を外してらっしゃいましたから。式典が始まりますと長いですからね。状況によっては、姫様はお酒を召し上がることもありますし。だから前もってお手水に行っておいたほうがよいとおすすめしたのです。それできっと、席を外しておいでなのかと思いまして……」

「けど、プリムが何も言わずにいなくなるなんて」

オデットは少しばかり胸騒ぎを覚えた。そこで二人は、控え室から一番近くにあるトイレへと向かった。

「プリムー、いるか？」

だが、そのトイレは誰も使用していなかった。

「変だ。おかしいのだ」

「そうですね」

さすがにプーレもおかしいと思い始めたようだ。

もう一度控え室に戻る。もし別のトイレを使ったとしても、もう戻っている頃だ。しかし控え室は相変わらず空のままであった。

「まさか……」

オデットが控え室内をくまなく見渡すと、床に黒い何かが舞った。

「ん？」

拾い上げてみると、それは黒い羽であった。

「それは、何ですか？」

「翼人が来たのか……はっ、わたしはすぐにプリムを捜す。プーレは皆に報せるのだ。シュラとハジメとエダジマに！」

「ど、どうしたのです？」

「プリムが拐かされたかもしれないのだ！」

「拐かされ……わ、分かりました！」

こうしてオデットはプーレに後を託すと、王城船の甲板に出た。

いちいち羽ばたいている時間も惜しいので、両下肢のジェットを全力で噴かして、一気に大空へと駆け上がる。捜すべきは、黒い翼を持つ翼人だ。

ほぼ垂直という角度で、オデットはぐんぐん高度を上げていった。

「まさか……」

やがてウルースの外周部が目に入るほどの高度――おそらくは高度四百メートルほど――になった頃、オデットの鋭い視力が黒い翼の翼人女性の姿を捉えたのである。

「俺っちの宮廷料理人としての初仕事だ。間違いなんかしやがったら、ただじゃおかねえぞ！」

厨房では、料理人パッスムが宮廷の料理人達に叱咤の声を飛ばしていた。

「パッスム……あんたさあ」

図々しくも司厨長を気取って料理人達を顎で使っているパッスムの姿を見た徳島は、呆れてしまった。だがパッスムは、徳島の姿を見ると、これまでの諍いなどなかったように擦り寄ってきて、面の皮の厚さを示した。

「トクシマの旦那！　あんたのおかげで俺は宮廷料理人になることが出来たんだ。礼を言うよ」

パッスムは以前、アトランティア宮廷の料理人になったことがある。しかし先輩料理人達から料理のレシピを差し出せという要求に耐えきれなくなり辞めていた。しかし今回は、プリメーラに擦り寄って、王城を占領した側に回った。ここで司厨長として君臨すれば、下剋上に成功する。

「まだ宮廷料理人になれたかどうかは分からないよ」

「でも、腕を示す機会を得ることは出来たんだ。ここで実力を皆に認めさせて、潜り込んでみせますよ」

パッスムは悪びれずにニヤリと笑った。

徳島は、パッスムの粘着質な性格だけはどうにも好きになれないが、料理への情熱とのし上がろうという根性は認めざるを得ないと思った。

そもそも徳島は、両親兄達全員が料理人という恵まれた環境で技術・知識を身に付けた。正直何の苦労もしていないと言っても過言ではない。それなのに全てが欠乏している環境で、腕だけでのし上がってきた人間を、浅ましいと見下してしまうのもどうかと思う。

それにこの男なら、少なくとも料理人としての魂を穢すことだけはしないだろう。魂を穢す行為とはもちろん、「皿に毒を入れる」などといったことだ。それに、徳島はここに残ることは出来ないのだから、誰かに厨房を託すしかない。

ただ、この男の誇りだけに頼るのはちょっと不安なので、エサをちらつかせておく。

「しっかりやってよ。そうしたら、いつか僕の国の料理店の厨房に招待してやるから。フレンチ、中華、イタリアン、そして和……全てを見せてあげると約束するよ」

徳島はパッスムの肩を叩くと囁いた。

「だ、旦那の国の料理店の厨房……マジ？」

徳島の中に、料理のレシピが溢れんばかりに詰まっていることはパッスムにも感じ取れた。徳島の世界は、この世界の料理人にとって天国といえる。その誘惑に、パッスムは胸を躍らせた。そして自分が料理人として徳島から認められたのだと感じたのか、涙ぐんだ。

「だ、旦那！」

「ただし、プリメーラさんを裏切ることなく勤めたら……だけどね。自省と自制……出来る？」

「もちろんでさぁ。任せておいてください！　それで旦那、ニギリズシの件なんですけどね……」

すかさず新しい料理のレシピを聞き出そうとしてくる根性に、徳島は負けたと思った。

「そこを『本手返し』で。右手に力を入れないでそっと……」

徳島がパッスムに手ずから寿司の握り方を教えていると、プーレと江田島が慌てた様子で厨房に駆け込んできた。

「徳島君。大変なことになってしまいました」

「ど、どうしたんですか、統括？」

周囲の人を見渡しながらここでは話しづらいと江田島が躊躇していると、プーレが徳島に事情を耳打ちした。

「何だって⁉」

「私としたことが、失敗してしまいました。油断です」

「どうしたんです？　旦那」

「パッスム、ここは君に任せた。料理はしっかり頼むよ」

「言われなくても！　期待に応えてみせますぜ」

「統括、僕達はとにかく行きましょう」

こうして徳島と江田島、そしてプーレは厨房から出て行ったのである。

残ったパッスムは胸を張ると、厨房の料理人達に向かって再度告げた。

「お前達も聞いた通りだ。この厨房は、このパッスムが、トクシマ大先生から託されることになった。大先生の一番弟子として、今後は俺がここを仕切る。分かったか！」


徳島は江田島、プーレらとともに王城船の最上部甲板へと上がった。

「オデットはどこでしょう？」

「あ、あそこです！」

江田島が、青空を背景に筋を引く一本の雲を指差した。

垂直上昇から真っ直ぐ目標に向けた急降下に移ったのだろう。きっとオデットがプリメーラを見つけたに違いない。

「プリメーラさんはあちらの方角にいるはずです。後を追いますよ、徳島君！」

すると徳島は無線機のマイクを取り出した。

「ちょっと待ってください、統括！　あっちなら埠頭のほうにいる伊丹さんにも状況を伝えますので！」

徳島はそう言って伊丹を呼び出して状況を説明した。

伊丹は王城の占領を終えると、プリメーラの戴冠式に、ティナエの特使に出席してもらえるよう依頼するため、エイレーン号に赴いていた。

戴冠式のような儀式は、自国だけの内々で挙行するより、外国使節の立ち会いを得ておくと、国としての主権や王権についても承認を得たと言い張れるのだ。ただし、そのためには、アトランティアをアヴィオンに変えてしまうという計略に賛同してもらわなければならないのだ。

「統括！　伊丹さんも、プリメーラさんを捜してくれるそうです。けど、状況がとてもマズそうです」

「今以上にマズいってことがあるんですか？」

「はい。茹でて旨味成分のすっかり抜けた肉を、古くなった油で揚げた食べ物みたいな不味さです。水平線の向こうから、七カ国の艦隊が近付いてきているのが確認されたそうです」

「いよいよ急がなくてはなりませんね」

「はい、急ぎましょう、統括！」

徳島は江田島とともに全力で駆け出したのだった。


「いやあ、チョロかったなあ」

オディールは黒い翼を大きく広げると、祭りにも似た喧噪に包まれたウルースの水路をゆっくりと滑空していた。

船の群れと群れの隙間に作られた、中・小船舶を通すように作られた水路では、シャムロックから頼まれた仕事を果たしたドラケとその仲間の海賊達が意気揚々と短艇を漕いでいた。もちろん、短艇にはプリメーラが縛られた姿で転がされている。

「姫……いや女王様。悪く思わないでくれよ。俺達もこれが仕事なんでな」

ドラケは言った。

「ううぅっうぅうっうっ」

プリメーラが何か盛んに唸（うな）っている。しかし猿轡（さるぐつわ）を嵌められていては言葉にならない。

海賊達は肩を竦めて櫂を漕いだ。ドラケは上空で周囲を警戒しているオディールに告げた。

「油断するなよ、オディール。幾ら奴らでも、姫さんがいないことにそろそろ気付く頃だ」

「大丈夫だよ。ここまで離れれば分かりゃしないっ……………!?」

オディールは言葉を最後まで紡ぐことが出来なかった。

上空からもの凄い勢いで落下してきた白い塊に体当たりを食らい、短艇の舳先の少し先の海面に叩き落とされてしまったのだ。

「な、何だ!?」

どーんと水柱が上がり、辺り一面に大量の海水が豪雨のごとく降り注ぐ。

ドラケや海賊達も驚いて見上げる。

するとそこには、白銀の翼を最大限に広げた翼皇種オデットの姿があった。

摂氏四百～七百度にすら達する高熱のジェット噴流で海面を大きく波立たせながらホバリングし、腕を組んでドラケ達を睥睨している。その姿は、天使のようでも悪魔のようでもあった。

「プリムを返すのだ」

「や、ヤバイ。見つかった！」

「逃げろ！」

海賊達は慌ててUターンして逆向きに進み始める。海賊達はドラケの号令で必死に櫂を引いた。

「待つのだ！」

オデットがドラケを追おうとする。

するとその時、海中から復帰したオディールがオデットにしがみ付いた。

「てめえ、よくもやりやがったな！」

「プリムを拐かしたお前達のほうこそ、よくもやりやがったなのだ！」

「うるせえ、こっちは仕事なんだ！」

「こっちは仕事以上のものなのだ！」

二羽の翼人が空中で掴み合い、引っ掻き合い、叩き合った。そしてその間にドラケ達は必死で逃げていった。

「よしっ、オディールに後を任せて、今のうちに船に戻るぞ！」

ウルースの水路は無数に分岐と合流を繰り返す。若干、遠回りにはなるが、少し戻ればそこの分岐点から別のルートでドラケ達の確保した船に辿り着くことも出来るのだ。

しかし少し戻ったところで、ドラケは舌打ちすることになった。

幅広い水路を渡れるようにかけられている大サイズの舷梯の上に、眼帯をした片目の女が立っていたのだ。

「あ、あいつは……」

「シュラ・ノ・アーチ。アーチ一家の忘れ形見だ」

シュラは銛をやり投げのようにして、ドラケ達の短艇に投げつけた。鋼鉄製の銛は、放物線を描いてドラケ達の乗る短艇に深々と突き刺さった。

「ヤ、ヤバイ！　船底に穴が開きやした！」

しかも銛には綱が結び付けられていて、短艇がぐいぐいっと手繰り寄せられていく。どうやらシュラ一人で引いているのではないらしい。周囲の住民達が手助けしているのだ。

「切れ、切れ、綱を切れ」

慌てて剣を抜いて綱を切る。しかしその時には二本目、三本目の銛を投げられ、短艇に突き刺さる。このまま綱を切り続けていたら、短艇の船底が穴だらけになって沈んでしまう。

「仕方ない。あの女の相手は俺がする。その間にお前達はこの姫様を船に運んで逃げ出すんだ。分かったな？」

ドラケはそう言ってシミターを抜いた。

「で、でも、お頭は？」

「なあに、俺やオディールだけならどうにだってなる。分かってるな？　仕事をちゃんと仕上げれば、シャムロックの奴から金をふんだくれる。そして俺達にはその金が必要なんだ！」

「ラーラホー！　お頭！」

ドラケは配下の航海長に指示すると、短艇が橋まで十分に手繰り寄せられるのを待って、ひらりと跳躍してシュラの前に降り立ったのである。そして短艇へと繋がる数本の綱を、シミターで切って捨てた。

「よう、シュラ」

「ドラケ。どうして君がこんなことを？」

「どんなことにだって、するからには相応の理由があるもんだ。けどな、そんな事情なんてものは吹聴するようなことじゃないし、喋ったからと言ってどうなるものでもない。結局物を言うのは、こいつだ。そうだろ？　姫さんを助けたければ、俺を斃してからにしな」

ドラケはそう言って、シミターを構える。

「そうだね。確かにその通りだ」

シュラも鋼鉄製の銛を構えてドラケに相対した。

オディールとドラケに追っ手の足止めを任せた海賊達は、綱が切られると短艇を急がせて埠頭地区へと向かった。

そこには、ドラケ達の乗ってきた船が繋がれていた。

二本マストの中型商船だ。そこで仲間達がドラケと皆の帰りを待ち構えていた。

海賊達は、舷側に短艇を寄せて縄梯子を下ろさせた。

「よし、お前達はお姫様を担いで上がれ。おーい、お前達はすぐに出航しろ。解纜して帆を上げるんだ！」

航海長がプリメーラの身柄を船に移しながら仲間に告げた。

「頭とオディールはどうしたんだ？」

「今頃、追っ手の足止めをしてるはずだ」

「何だって？　それじゃお頭達をここに置いていくって言うのかよ!?」

「全ては俺達のためなんだよ。お頭達は俺達のために……だから俺達が無事に仕事をやり遂げなきゃ、お頭達の努力が全部水の泡になっちまうんだ。急げ！」

海賊達は大急ぎで帆を上げた。

「あんたら何をやってるんだ？」

埠頭にいた警備の兵士や港務の役人がやってきて声を掛けた。

「今出航しても、七カ国軍にとっ捕まって沈められちまうぞ」

「俺達なら大丈夫なんだよ！」

航海長が言い返す。

「はっ、逃げ出す奴らって大抵、自分だけは大丈夫だって思うんだよなあ」

兵士達はそう言って笑うと、出帆したいのならしろと言い放った。

舫い綱が解き放たれる。

風を受けた帆が膨らむと、マストの軋む音とともに船体が埠頭から離れ始めた。

その時、埠頭に血相を変えた追っ手が姿を現した。

「徳島君、あの船です。あの船を止めるのです！」

眼鏡をかけた男が、海賊達の船を指差して叫んでいる。

しかし順風を受けた海賊船は、次第に速度を速め、埠頭との距離も大きく開いていた。

もう飛び移ろうとしても不可能だ。

「よしっ、これで任務は成功だ！」

「やったぜ！」

海賊達は歓声を上げて作戦の成功を祝った。このまま水路を抜けてウルースの外に、外洋に出ることが出来れば、彼らの完全勝利と言えるだろう。

「来られるものなら来てみな！」

「あばよ！」

海賊達は調子に乗って江田島と徳島を挑発した。

しかし突然風向きが変わって、正面からの突風が吹いた。

「お、おいっ！」

帆が裏帆を打って、マストが大きな軋み音を立てる。すると船足は瞬く間に止まってしまった。

そして右側から併走するように、一隻の軍船が姿を現した。

その船はティナエの軍旗を掲げていた。

「ま、まさか。ティナエの軍艦？　もう来たのか⁉」

それはカイピリーニャ艦長率いるエイレーン号である。エイレーン号は既にその横っ腹に並べた大砲の砲門を全て開いて攻撃の準備を終えていた。

「ふふーん。どう？」

艦首楼甲板に立つテュカが、ドヤ顔で胸を張っている。彼女が風を操れば、風帆船の進退は思うがままなのだ。

「さすがテュカだ！」

その傍らには伊丹がいた。伊丹は、目標の船の足が止まると、甲板のハッチから頭を突っ込んで砲室のレレイに告げた。

「狙いを間違うなよ」

「それ、誰に言ってる？」

レレイは既に全ての準備を終え、左舷の全門斉射の時を今か今かと待ち構えていた。

「……撃て」

レレイのボソッとした号令を、砲手達は聞き逃さない。尾栓に、棒の先端に火縄を絡み付けた竿を押し当てる。すると、十門の大砲が一斉に火を放った。

凄まじい轟音。

十個の鉄球が発射され、海賊船の二本のマストの基部に五発ずつ直撃。木材を木っ端微塵に砕き、木片の吹雪を辺りに撒き散らしながら倒壊させた。

帆を広げたままマストを海面下に沈めてしまった船は、海水がブレーキとなり櫂を使ったとしてもまったく動けなくなってしまう。

「命中！」

「カイピリーニャ艦長！」

伊丹が振り返る。

「任せておけ！　取り舵だ！」

「ラーラホー」

カイピリーニャが操舵手に命じてエイレーン号の舷側を海賊船に押し当てる。その激突が船体を震えさせた時、伊丹がテュカに叫んだ。

「テュカ、今だ！」

「はい」

テュカの精霊魔法はますます冴え渡り、強い風を帆に浴びたエイレーン号は、海賊船を対岸の埠頭船に押しつけ擦り付けるまで突き進んだのである。

オデットとオディールの掴み合いは続いていた。

オディールは、ドラケ達の後をオデットに追わせまいと思うから必死でしがみ付く。

そしてオデットもまた、プリメーラを取り戻すため、オディールを振り払おうと必死であった。

そのため、拳あり、引っ掻きあり、噛みつきあり、絞め技ありという空中でのルールなきレスリング的格闘が繰り広げられていた。

そして、戦況は若干オディールの側が優勢であった。

荒っぽい格闘に慣れたオディールは、オデットの背後を取ることに成功すると、首に腕をかけてぐいっと締め上げにかかったのである。

「くっ……放すのだ」

「放してたまるか！　このままその細っこい首をへし折ってやる」

オデットの顎の下には、オディールの腕がしっかり食い込み、引き剥がす方法がない。最早オデットはこのまま絞め落とされるか首を折られるかしかないように思われた。

「くく、くっ」

「は、もう諦めろ。あたいの勝ちだ」

オディールが勝利を確信して勝ち誇ったその時である。

オデットは両下肢のエンジンを最大に噴かした。

勢いよく背中向きに加速し、自分を締め上げるオディールの身体ごと周囲の船に激突。

「ぐはっ」

船体、マスト、船橋、索具、あちこちに無闇に激突させる。オディールは背中や後頭部をしたたか打ち、黒い翼を痛めて、口を切って血を吐いた。

しかしながら、なおも根性でオデットの首を締め上げる。

「や、野郎……妙なもの使いやがって！」

オディールが更に力を込める。するとオデットは最後の力を振り絞って、飛ぶ方向を鉛直方向、上空に向けた。

出力最大で、瞬く間に上空へと駆け上がる。

「おいおいおい！　何しようってんだ！　おい、ちょっと待てって！」

オディールはオデットとともに、たちまち雲の上、空の青みがより濃くなる高みにまで引きずり上げられていった。

海に住まうアクアスは水を恐れない。だからきっと、どこまでも深く潜ることが出来ると思われがちだが、海溝の深淵から更なる深みを覗き込んだ彼女達は、その先に行くことを拒む。

海を自由に行き来する海棲亜人も、そこは自分達の領域ではないと理解しているからだ。

そして空を行く翼人も高みを恐れない。しかし自らの領域を超えた高さには、本能的に恐怖を覚える。その高みでは、自分は自由を、意識を失うということをよく知っているからだ。

そして翼皇種は、どの翼人よりも遥かなる高みを行くことが出来ると言われていた。故に「皇」の文字を種族名に冠することが許され、翼人種達から尊敬されているのだ。

しかしオデットは、その翼皇種であっても恐怖を覚える高みにまで駆け上った。

幾つもの雲を抜け、空気は薄くなり、凍てつくほどの寒さだ。空の青さは紺碧を超えて更に濃くなるが、それでも上昇を止めなかった。

「ま、待て、やめろ……」

オディールはオデットにしがみ付いて囁いた。

オデットの首に回した腕は、もはや振り落とされないようしがみ付くものに変わっており、寒さと恐怖とで全身をがくがくと震わせていた。薄い空気に息も喘いでいる。幾ら深く呼吸を繰り返しても、苦しくてたまらないのだ。空を飛べるのだから放せばよいのにと思うところだが、もう彼女が自分で飛べる高度はとっくの昔に超えていた。

この時のオディールの心境を現代的に例えるとしたら、何かの間違いでH２打ち上げロケットにしがみ付いたら、そのままカウントゼロで打ち上げられてしまったような気分に違いない。

「まだ上がれるのだ……」

しかしながら、オデットは更に高く上がると予告した。

「た、頼むから……やめ……て」

オディールが哀願する。

「わたしの勝ちなのだ。認めるか？」

「……」

オディールは頑として降伏を拒否する。海賊根性もここに極まれりといったところだ。その態度には、オデットも尊敬を禁じ得ない。だが、所詮それは蛮勇でしかなかった。オデットは自分の首に回された腕から力が抜けていくのを感じた。オディールが白目を剥いて気を失い、オデットから離れていこうとしている

そしてついにすうっと地上に向けて落下していった。意識を失ったままならば、彼女は重力に引かれて加速し、海面に叩き付けられるだろう。

オデットは唇の血を拭いながら、その姿が点となって見えなくなるのを見送った。そして再びプリメーラの元へと向かったのである。

シュラとドラケの戦いは水路に渡される狭い舷梯の上で行われていた。左右への移動の自由はほとんどなく、前に進むか後ろに下がるかしか余地がない。そ

のため完全な剣の技量のみが物を言う戦いとなっていた。

ドラケはシミターを自在に操り、海賊として、戦士として、一日の長があることをシュラに示した。

「ほらほらどうした？　アーチ一家の忘れ形見」

シュラは振り下ろされるシミターを黙々と鉄製の銛で弾き、躱し、その鋭い切っ先をドラケに向けて放った。

しかしドラケもまた流れるような動作で銛を弾き、躱し、突き出された勢いを受け流しながらシュラとの間合いを詰める。軽やかな足取りで、踊るように舞うように、そして閃光のごとく切り付けていく。

対するシュラはあくまでも泥臭い。斬撃を銛で弾き、銛を投げつけ、尻餅を突きそうな後ずさりで躱していた。

「おいおい、足下がお留守になってるぞ」

「くっ、くそ」

シュラが銛を構える。

しかし銛には、短艇を捕らえ手繰り寄せるために用意した長い綱が付いていて、振り回すのに邪魔であった。

「えいっ！」

シュラはありったけの銛を、次から次へと投げ付けていった。だがそのことごとくが外れ、周囲の船に突き刺さってしまう。

「おいおい……酷いな。とても見てられないぜ」

いい戦いが出来る相手だと期待していたのに、こんなレベルだと思わなかったと肩を落とすドラケ。そして勝負を終わらせようと、シミターを構え直して一気に間合いを詰めた。

「大体、何だって使う得物が銛なんだ？」

「アーチ一家は海棲哺乳類、もっぱら鯨採りを生業にしていた一族だからさ」

「海賊じゃなかったのかよ」

「正義の海賊は、必要でない限り船を襲ったりはしなかったのさ」

「そうかよ……それじゃ仕方ない。時間が惜しいから一気に行くわ。すまんね」

しかしシミターを握る彼の右手は、彼を裏切った。

ドラケは右腕を振りかざして斬りかかった。

「ん」

見れば右手に綱が絡まっていた。シュラの投じた銛に繋がった綱に引っかかっていたのだ。

「ちっ」

そしてそれに気を取られた瞬間、シュラが綱を手繰って振った。

すると綱が蛇のように蠢いて環を作り、ドラケの右手にすぽっと絡み付く。

「なっ⁉」

続いて二本、三本とシュラの操る綱が、ドラケの脚、首、胴に絡まった。引っ張ってみても簡単に解けそうもない。

「言ったろ、アーチ一家は鯨採りの一族だって。こうやって銛に繋いだ綱を扱わせたら、右に出る者はないのさ」

「しまった！」

振り返った瞬間、彼に見えたのはシュラから繰り出される跳び蹴りの足の裏だった。

蹴りを顔面に浴びたドラケは、舷梯から転がるように落ち、中空で吊り上げられた。

手足に絡みついた綱が自身の体重で締め上げられていく。

「それじゃ先に行くよ。ドラケ、ボクには君の相手をしている暇なんてないんだから」

シュラはそう言うと、プリメーラを乗せた短艇の後を追ったのである。

「くそっ。何て女だ！　弱そうに見せていたのはふりかよ！　このイカサマのペテン野郎！」

ドラケは渾身の力で手足に絡み付いた綱を引っ張った。

「くそおおおお！」

しかし人間よりも遥かに大きく重い海棲哺乳類を捕らえるための綱が、人間なんかの力で引き千切れるはずがない。とても動けそうになかったのである。

14

海賊船は、エイレーン号によって完全に押さえ込まれた。

「乗り込め！」

そしてカイピリーニャの号令で、ティナエの海兵達が雪崩のごとく乗り移って航海長らを取り囲み、剣を突き付けていく。ドラケの部下は精鋭揃いであったが、潜入工作のための少人数だったせいもあり、多勢に無勢で瞬く間に拘束されてしまった。

「ああ、こんな風に終わるだなんて……」

「楽しい人生だったが、これで俺達もお仕舞いか」

正規軍に捕まったら海賊の運命は、縛り首である。四方八方から剣先を突き付けられた姿で、海賊達はこれで我が人生も終わりかと嘆いたのである。

「大丈夫でしたか、プリメーラ姫？」

そんな中、伊丹はプリメーラを見つけ出すと、拘束から解き放った。

「わ、わたくしは大丈夫です。ありがとう」

そしてその頃には、徳島と江田島も駆け付けてきていた。

「プリメーラさんは無事ですか!?」

「あ、江田島さん。見たところ大丈夫なようですよ」

伊丹の答えを聞いて、徳島達はほっと胸を撫で下ろした。

だがその時、横合いから蒼髪の少女が現れ、告げた。

「これでプリメーラは戴冠式を行えるのじゃな？」

「ええ、これでこの国の人々も助かるかもしれません」

「メイベル!?　どこに行ってたんだい？」

徳島が、久しぶりに姿を現した蒼髪の少女に笑顔で声を掛けた。しかし少女は徳島を無視し、そのままプリメーラに歩み寄った。

「それでは困るのじゃよ。躬は、絶望と呪いと怒りと憤懣の渦巻く阿鼻叫喚の惨劇を欲しておるのじゃからのう。だからそのためには、汝がいなければよい」

そう言って蒼髪の少女は右腕を大きく引く。そしてその指先に、鋭い剣のような爪を生やすと、プリメーラの胸に向かって突き出した。

束ねられた五本の黒い爪は、そのままプリメーラの胸を貫くかと思われた。

「何をするんだ、メイベル！」

その時、徳島が咄嗟に動いた。

プリメーラと入れ替わるようにして、蒼髪の少女の前に割り込んだのである。そのため少女の爪は、徳島の防弾衣を貫いて深々と突き刺さった。

「メ、メイベル！」

徳島が、驚愕の表情で蒼髪の少女を見る。

「ちっ、し損じたか」

しかし蒼髪の少女は顔を顰めて舌打ちすると、徳島の胸から爪を引き抜いた。

崩れ落ちるように座り込む徳島を無視して、再度プリメーラに襲いかかろうと身構える。ボタボタと大量の血液が溢れ、海賊船の甲板に赤い血溜まりが広がっていく。

「と、徳島君！」

江田島が思わずメイベルを突き飛ばし、徳島の身体を支えた。

「メ、メイベル……どうして？」

突き飛ばされた勢いで尻餅をつくメイベルに視線を送りながら、徳島は最後にそう漏らして意識を失った。

「メイベルさん、貴女、自分が何をやっているのか分かっているのですか⁉　これでは徳島君が死んでしまうじゃありませんか⁉　どうしてこんなことを！」

徳島の傷を診た江田島が、叱りつけるように言い放つ。すると、ふらふらと立ち上がった蒼髪の少女は表情を軋ませた。

「み、躬がハジメを……ハジメを、殺してしまったのか？」

「そうです。彼の心臓は穴だらけで、もはや出血も止められません。それが何を意味するか、貴女とて分かるでしょう⁉」

メイベルはそこに横たわる徳島を見て、信じられないように頭を横に振った。

「う、嘘じゃ。嘘じゃ……躬がハ、ハジメを手にかけてしまうなんて、ハジメが死んだなんて」

そして頭を抱えようとして両手を見たメイベルが凍り付く。その手は、徳島の血で真っ赤に染まっていたのである。

「いやだ。嫌だ、嫌だ……」

顔や身体を掻き毟ったメイベルが、天を仰ぎ、膝を突く。そして血に濡(ぬ)れた手で、顔を覆った。次の瞬間、少女の魂が粉々に砕けるような慟哭(どうこく)が、辺りに広がった。

「うわああああああああああああああああああああああ！！！！」

やがて少女の叫びが尽きる。

すると、少女は深々と溜息を吐き、さっぱりとした顔になって告げた。

「汝(うぬ)らには感謝するぞ……」

「何が、ですか？」

江田島が戸惑うように問いかける。

「これでこの未熟な亜神メイベルは絶望した。ここまで自責の念に囚われたら、あ奴の魂も、二度と浮かび上がってはこられまい。これからは完全に、絶対に、議論の余地もなくこの身体は我(われ)のものという訳じゃ……」

「……あ、貴女は一体、誰ですか？」

「その疑問は当然のものじゃろうなあ。よかろう、感謝の気持ちを示すため、この身体の新たな主の名を教えて進ぜよう」

江田島の問いに、少女は答えた。

「我が名はカーリー。『絶望』と『嫉怨羨恨(ルサンチマン)』を司り、世界を終焉へと導く神じゃ」

高高度からウルースにまで下りてきたオデットは、海賊船とエイレーン号が交錯した現場を速やかに見つけた。海賊船のマストが倒れ、海面に帆が浸っている様子は上空から見てもよく目立ったのだ。

そしてその船に降り立った時、信じられない光景を目にした。

徳島が血溜まりの中に倒れていたのだ。

「ハ、ハジメ……」

徳島の姿と、死という絶望が結びついた時、オデットの思考は停止した。

この世界と自分との関係の一切が絶たれてしまったかのごとく、他のものの全てが目に入らなくなった。そしてただただ慟哭しながら、徳島にしがみ付いたのである。

「しがみ付いているだけでは、何の役にも立ちませんよ！」

だが、江田島がそんなオデットを叱り飛ばす。

「彼に人工呼吸を！」

「じんこうこきゅう？」

「口から、彼の胸に息を吹き込んでください」

「く、口から!?」

「彼の命を繋ぐには、それしかありません。顎を上げさせ、唇を重ねて……さあ、早く！」

江田島に躊躇いを捨てるよう叱咤されつつ、オデットは徳島に唇を重ねたのである。

タイミングを合わせたかのように、シュラがやってきた。

「一体何があったんだい？」

その時シュラの目に入ったのは、江田島が必死になって徳島に心臓マッサージをしている光景であった。そしてオデットが真っ白な身体を真っ赤に染めて、徳島の口を通じて息を吹き込んでいた。

プリメーラは、痛ましげにそれを見守っている。

「ぼ、ボクも何か……」

シュラは慌てて自分にも出来ることはないかと考えを巡らした。

しかし自分に出来ることが思い当たらない。そもそも江田島とオデットのしていることがまったく理解できないのだ。

「これで助かるのかい？」

「……」

シュラの問いに、江田島は眉根を寄せて苦しそうにするだけで、何も答えなかった。江田島とて、これで徳島が助かるという展望があって行っている訳ではないのだ。

哀しいのは、心臓マッサージをすればするほど、徳島の血液が体外へと流れ出てしまうことだった。そのため江田島は、窮余の策ながら、胸に開いた穴から手を突っ込んで、心臓に開いた穴を手で塞ぎながら心臓マッサージを続けた。そんな行為は、理論的には理解できても医者でなければ到底思い切れない。しかし手を拱いていては、徳島は確実に死んでしまう。となれば、江田島は行動する。たとえ間違いであったとしても。

しかし、手で覆った程度では、血液の流出は防ぎ得ない。

心臓が一回の鼓動ごとに全身に向けて送り出す血液量は、約七十ＣＣ。そのうち十五パーセントが脳に向かい、脳細胞が生きるのに必要な酸素とブドウ糖を供給している。だが、江田島が徳島のズタズタの心臓を一回握るごとに、その指の隙間から血液が漏れ出していく。すると脳へと届く酸素の量もまた減っていく。

徳島の体重は、約六十五キロ。血液量はその十三分の一の約五リットル。流出した血液量はまだ少ないが、それが全体量の三分の一に達すれば徳島は死亡する。

応急手当てとは、今を凌いで後送すれば医師の治療を受けられるという状況でのみ意味がある。だがここでのそれは、徳島の死をただほんの少し遠ざけるためのものでしかないのだ。

それでも江田島は、徳島の命を繋ごうとしていた。その先に何もないと分かっていても、自分のしたことがただ苦痛を長らえさせることでしかないと分かっていても、それでも一分でも一秒でも、命を長く繋ぎ止めようとしてしまうのだ。

重苦しい空気に皆が口をつぐんだ時、カーリーが嗤った。

「くくく、よいぞよいぞよいぞその絶望。その無力感、その諦念、それよ、それ。それこそが、我が渇望して止まない滋養なのじゃ。たった一人の死ですら、甘美で芳醇な香りが漂って我を潤し、快悦絶頂へと導いてくれる。ならばじゃ、この街、この都市、この民の全てが滅し、炎に包まれたら、どれほどのものとなるじゃろう！　ああ、その期待だけで、我は我は……股ぐらが濡れて、腰が抜けてしまいそうになるのじゃ」

カーリーは自らの身体を抱きながら、腰が抜けたのかその場に座り込んだ。

「メイベル。君はそういう奴だったのかい？」

シュラが立ち上がり、銛を手繰り寄せた。

するとカーリーは迷惑顔で言った。

「じゃから我の名はカーリー、そう申したではないか。汝は聞いておらなんだのか？」

「すまないね、ボクは今来たばかりなんだ。しかしカーリーというのは？」

どういうことかと解説を求め、シュラは江田島、徳島を見て、最終的に伊丹に目を向けた。質問に答える余裕がありそうなのは伊丹だけなのだ。

伊丹は油断なくカーリーに銃口を向けたまま答えた。

「ちょっと前に、俺の旅の連れが、ベルナーゴ神殿でハーディって神様に身体を乗っ取られたことがある。それと同じことが、メイベルに起こってるんだと思う。そしてメイベル本人は、自分が徳島君を殺したと思ってしまって……」

「ああ……。つまりメイベルは、神話に登場してくるあの堕神カーリーに身体を乗っ取られてしまった訳だね。神の力と亜神の肉体。もう、最悪の組み合わせじゃないか」

シュラはそう言いながら銛を構え直す。

カーリーは好戦的な笑みを浮かべると、両の手にある十指の鋭い爪を伸ばして、舌舐めずりをする。

「おやおや、たかが人間風情が神に挑むつもりかえ？　よかろうよかろう、相手してやるぞえ。お前のその向こう気の強さをへし折って、絶望へと誘（いざな）ってやれば、ますます楽しくなれるからのう。そうじゃ、お前の嘆きの声を、世界の破滅を告げる第一の喇叭（ラッパ）としよう」

「やれるものならやってみればいいさ」

シュラが火の玉のような勢いでカーリーに挑みかかった。

銛を突き、突く。突いて突いて突きまくる。

鋼で出来た銛を振り上げ、勢いよく叩き付ける。身体を回転させながら叩き付け、渾身の力を込めて叩き付け、全身の気合いを振り絞って叩き付けた。

しかしそれらの攻撃を、カーリーは退屈そうに片手だけで捌いていった。

「くっ……」

「温いのう。この程度か？」

カーリーの反撃が始まった。

これまた片手だけで、明らかに手加減していることの分かる攻撃だった。しかし人間を超越した凄まじい勢いに、シュラは瞬く間に圧倒された。構えた銛が弾かれ、取り落とさないようにするのが精一杯で、一撃一撃にふらつき、身を大きく揺らし、片膝を突いてしまった。シュラの攻撃は、カーリーにまったく届かないのだ。

「ふむ。根性だけは大したものじゃな。じゃがそれ故に、心を折る作業が面白そうじゃ」

カーリーの攻撃は、次第にシュラの急所を避けた、嬲るようなものとなっていった。

その斬撃は、シュラの衣服を裂くように放たれる。そして剥き出しとなった彼女の肢体に、傷を刻み込んでいったのだ。

シュラも自分が嬲られていることに気付くと、必死になって身を捩らせて攻撃を躱した。

肌身を衆目に曝す恥ずかしさを懸命に堪え、唇を噛んで悔しさを撥ね返しながら、必死に抗ったのである。

しかしついには銛を奪われ、膝を切られ、立っていることも出来ず両膝を突いてしまう。そしてカーリーの鋭い爪がシュラの喉元に突き付けられた。

「これでお仕舞いじゃ。どうじゃ？　敵わない相手に嬲られる気分は？」

シュラの瞳が怒りに燃えた。

「うわぁ」

怒りに駆られたシュラが繰り出したのは、技も何もない感情任せの特攻である。せめてカーリーにしがみ付いて掴み合いに持っていこうという相打ちを狙ったものだ。

しかしそんな自棄っぱちの襲撃も、難なく躱されてしまう。そして甲板に突っ伏したシュラの後頭部をカーリーは踏みつけると、その背中や肢体に長い爪で傷を刻んだ。

「惜しいことをしたのう。我が男の身体を得ておったら、三日三晩は、褥で可愛がってやれたろうにのう。女の身故、これで辛抱してたもれ……」

「くっ……」

シュラが身を起こそうとする。するとカーリーは、足に力を込めてシュラの額を甲板に擦り付けさせた。

「さあ、いよいよ仕舞いの時じゃ。我の期待通り、盛大に悲鳴を上げてくりゃれ。そして屈辱と怒りに塗れた死に様で、我の心を疼かせてくりゃれ」

カーリーはそう言って右手を振り上げた。

しかしその時、伊丹がＭＰ７の安全装置を解除した。

そして躊躇うことなくカーリーの頭部と胸部目掛けて、弾倉一つ分の銃弾三十発を全て浴びせかけた。

「ギャッ！」

頭部に銃弾を浴びた蒼髪の少女は、突き飛ばされたように後方に吹っ飛んだ。そして胸部に弾を浴びると、獣が絞め殺されるような叫びとともに倒れたのである。

「あうくく、い、い」

蒼髪の少女は、しばし甲板の上をのたうち回って転げた。

「やっぱり効かないよな……」

伊丹はその間にシュラを引きずって後ろへと下げた。そして彼女をプリメーラに託すと、弾倉を交換しつつ前に出たのである。

身体にめり込んだ弾丸をパラパラと排出しながら、カーリーが言った。

「もっと……」

「は？」

「もっと、その熱くて滾ったものを、我の身体に打ち込んでくりゃれ……」

カーリーは甲板に横たわったまま両腕を伊丹に向けて伸ばし、喜悦の表情で弾丸を求めた。

その少女の瞳に、伊丹は背筋がゾッとした。

「もちろん、汝持ち前のものを用いてくれてもよいぞ。こんなものよりかは、太くて長いじゃろ？」

言いながら立ち上がるカーリー。そして指先の爪を剣の如く伸ばして伊丹に襲いかかった。伊丹はカーリーの鋭い爪を転げるようにして避ける。

いや、避け切れていなかった。伊丹の肩口には、爪の一本が突き刺さっていた。

しかし伊丹は僅かに顔を顰めただけで、戦いを続けた。

「さあ、互いのもので刺したり刺されたりしようではないか？　きっと死ぬほどに心地よいぞ！」

（こ、こいつはもしかして、ロウリィよりヤバイ奴かも）

伊丹は距離を置かずに銃撃を再開した。

単連射で弾丸を浴びせる。

「かはっ、あくっ、ああっ」

カーリーは避けることすらしない。

自ら弾丸を食らって身悶え、びくびくと身体を震わせる。その姿が性的な絶頂を迎えて痙攣する姿に見えて、伊丹は次第に引き金を引くことに躊躇いを感じるようになった。

蒼髪の少女の容姿が年端もいかないだけに、イケないことをしている気分になってしまうのだ。

「ふぅ……」

瞳にハートマークを浮かべた少女は、伊丹に微笑みながらも不満そうに頬を膨らませた。

「チトつまらぬぞ。ただ我の身体に穴を穿ち、弾丸を埋め込むだけではな。時には深く刺したり、浅く刺したり、捻るように、時には抉るように、速く貫くように、時には優しくゆっくりと……そうしてこそ、肉の軋む感触を楽しめるというのに。お主のは、一本調子で彩りに欠くのじゃ。この下手くそめ！」

下手くそなどと少女から面罵されると、伊丹もさすがに絶句した。

「はっ、ならこいつはどうだい？」

伊丹はカーリーに大胆に歩み寄ると、ピンを抜いた手榴弾を手渡した。

「これは何じゃ？」

「プレゼント。超高級な大人のおもちゃさ」

伊丹は少女が掌に乗せたそれを見つめている間にダッシュで逃げる。まもなく爆発が起こり、少女の上半身はもろにその衝撃を浴びた。

仰向けに倒れた少女は、衣服は当然、上半身の皮膚もズタズタに引き裂かれ、肉や骨を露出させていた。伊丹を除くシュラや江田島達には、勝負はこれでついたかと思われた。

しかし皆の眼前で、亜神の再生力が発動する。

全身に開いた傷から、体内に残った手榴弾の破片、弾丸などが次々と吐き出され、瞬く間に再生し傷が治っていく。

そうなることを予想していた伊丹は、顔を背ける。

「何というか、いつ見てもグロいなあ」

ただしその過程が完了するまでは、強い苦痛を伴うのか、蒼髪の少女も苦悶に呻いている。そう、その苦痛を、少女は甘い吐息で堪能しているのだ。

「ふぅ……今のはなかなか新鮮でよかったぞ」

やがて、少女の再生は終了した。

カーリーは立ち上がると、伊丹にターゲットを絞って挑みかかった。

「ほらほらほら！」

伸びた両手の爪から、連続的に繰り出される斬撃と突き。

それらを伊丹は大仰な動作で躱した。

もちろん、シュラを手玉に取るような敵だけに、伊丹とて躱しきれずに傷付き、ダメージを負う。しかし伊丹はその傷などなかったかのように振る舞って、少しも動きが鈍らない。

伊丹は反撃の銃撃を浴びせた。

カーリーは弾丸を避けない。ただ傷が癒えるまで、しばし動きを止める。そのため、伊丹もかろうじて中途で息を吐くことが出来ていた。

カーリーは首を傾げた。

「何と言うべきか……汝(うぬ)は、見た目からは強さというのを感じぬ。だから、与し易いと思ったんじゃが、思いの外しぶといのう」

「どういたしまして」

「まあよい。こういうのも、なかなか楽しいからのう」

カーリーは一気に伊丹に肉薄した。

「さあさあ、もっと楽しもうぞ！」

伊丹がMP7の弾倉を交換しようとした隙を突いた攻撃だ。

しかし伊丹もそれを待っていたかのように、9ミリ拳銃を素早く抜くと、カーリーの眉間に向けて引き金を絞った。

「俺はごめんだね！」

カーリーはその一発一発を扇で払うように爪で弾きながら、伊丹へと踏み込んだ。

伊丹の顔目掛け、爪を束ねた右腕を放つ。伊丹は拳銃の銃身でそれを払う。するとカーリーが更に突く、伊丹が再びそれを払う。

そしてカーリーが更に大きく踏み込んで、伊丹の懐に飛び込んだ。

「くっ」

肌が触れ合うような間合いで懐に入り込まれると、伊丹も自由が利かない。そこを狙ったかのように、カーリーは伊丹の腹部に爪を突き立てた。

しかしその時、横合いから巨大な鉄塊にも似たハルバートが割り込んで、カーリーの爪の盾となった。鉄の塊同士が激突する重く鋭い音が響いた。

「他人の男に手を出したらぁ、ダメよぉ、カーリー」

現れたのは、漆黒の亜神ロゥリィ・マーキュリーであった。

「貴様、ロゥリィ・マーキュリー⁉」

「メイベルったらぁ、なんて間抜けなのかしらぁ？　よりにもよってカーリーなんかに身体を乗っ取られるなんてぇ」

「そう言うてやるな。こうなったのには、お前にも責任があるんじゃぞ。神意の象徴を失った亜神なんぞ水に落ちた犬も同然じゃろが？　我が手にかかれば抵抗など無意味じゃ」

「けどぉ、それは貴女もぉ同じことでしょう？　不完全な肉の身体を得たところでその力は発揮できないわよぉ」

「きひひひひひひひひひ。ところがな、そうでもないんじゃよ」

カーリーは言いながら、銃撃と手榴弾とでボロボロとなった自分の衣服の胸を大きく開いた。すると発展途中で成長が止まってしまった双丘が露わとなる。

「そ、それはどうしたのぉ⁉」

谷間に穿たれているはずの暗闇に、二つの心臓が押し込まれて鼓動していたのだ。

「たまたま人間の心の臓が手に入ったのでな。使うてみたんじゃよ。一つでは足りぬと思うて、二つな。するとなかなかに具合がよい」

「たまたまって……どうやって手に入れたかぁ、尋ねてもよいかしらぁ？」

「簡単なことじゃよ。下心を抑え切れん若い男達に、ちょいと色目を使ったら喜んで提供してくれた。男というのはチョロいな。ちょいとばかりよい思いが出来そうじゃと思うと、いくらで寄ってくるんじゃ」

カーリーはそう言ってニタリと笑った。

対するロウリィは、とても嫌そうな渋面となった。

「悪趣味ぃ……いかにもあんたらしい話よねぇ」

「さて、ロウリィよ。この心臓二つがどれほど役に立つか、汝で試してみたい。構わぬな？」

カーリーが、両手の爪を長剣ほどに伸ばす。

「いいわよぉ。あんたがぁその身体でどれ程の力を発揮できるか、見せてもらうわぁ」

ロウリィは、ハルバートの斧身を回転させ刃を立てると、両足を据えて身構えた。

「参れ」

カーリーの誘いが合図となったのか、ロウリィから仕掛けた。

力任せにハルバートを振りかぶり、カーリーに叩き付けたのである。

カーリーはそれを両の手十本の爪を束ねて受け止める。爪と戦斧がぶつかり合って、火花が辺りに飛び散った。

「ロゥリィ！　どうじゃこの身体は⁉　我もなかなかじゃろう？」

カーリーがニンマリとほくそ笑む。思うがままに動ける身体を得てご満悦らしい。

「さすが、堕ちたといってもメイベルねぇ」

「それ、違うじゃろ⁉　身体をまんまと乗っ取られた間抜けな小娘なんより、このカーリーの凄さを讃えんかい！」

「メイベルの身体に頼って戦っているだけなのにぃ？」

「いくら身体の性能がよかろうと、操る側の力量が低くては話にならんわ！」

「自慢できるほどの技量があると言うのならぁ、実際に試してみましょう」

するとロゥリィは、先ほどよりも低く、ハルバートの切っ先が床に触れるほど低く構え、身体をこれでもかと捻った。

「相も変わらず力任せな一撃を狙うとは、芸の乏しい奴よのう。せっかく血剣ディーヴァを得たんじゃ。出し惜しみせず使ってこんか！」

ロゥリィは「とっ」と足の爪先を鳴らすと、カーリーとの間合いを一気に詰める。そうして渾身の一撃を放った。

「出し惜しみなんてしないわよぉ！」

「ふん、そんなもの。どうということはないわ！」

カーリーは再び左右の爪を束ね、それを受け止める。重い鉄と鉄との激突する重厚な音が辺りに響いた。

「くうううううううううううううう！　これは応えるのう！」

カーリーは衝撃をもろに浴びて大きくのけぞりながらも微笑んだ。ロゥリィの一撃を、完璧に受け止めきったのである。

「どうじゃ？」

「へぇ、大したものよねぇ」

「さすがは戦神の使徒の一撃。骨身に染みたぞ」

「けどね、こういうのはどう？」

ロゥリィが問うや否や、左右から矢が飛来して、カーリーの両腕に一本ずつ突き刺さった。

振り返ってみれば、左右に金髪エルフと、銀髪ダークエルフ。それぞれが次の矢を番えて、弓を構えている。

更に頭上を見ると、「漏斗」が浮かんでいた。

一個や二個ではない。二十数個もの金属製漏斗が、カーリーを取り囲むように浮かんでいる。

その一個一個に必殺の威力が込められていることは、カーリーにも理解できた。

見れば、リンドン派の魔導師の杖を持つ女が、鋭い視線を向けていた。間違いなくその女のものだろう。

「どうかしらぁ？　まだ戦うつもりぃ？」

ロゥリィは、ハルバートの刃をカーリーの喉元に突きつけた。

ここまでされては、いかにカーリーとて対抗は出来ない。神でありながら肉の身体を得たことが、かえって足枷となってしまったのだ。

「くっ、やってくれるのう？」

カーリーは観念したのか、ここで両手を挙げた。

「問題はぁ、どうやってこの身体からぁ、カーリーを引きずり出すかよねぇ？」

そのためには、首を落とし、手足を切断し、部位ごとに分けて幽閉するのが一番だと、ロゥリィが呟く。そうすれば、幽閉の苦痛に耐えかねて、カーリーは去って行くに違いない。

だがその時、カーリーの周辺を突然白煙が覆った。

「な⁉」

「状況ガス！　ガス！　ガス！　直接こいつを吸うな！　待避だ！」

第三者の介入だと、伊丹がロゥリィ達に警戒を促す。

よく見れば、小麦粉のような細かい粉が散布されたのだと分かった。だが、それが身体に無害なものとは限らない。重曹ならよいが、小麦粉なら粉塵爆発の恐れがあるし、生石灰だったりしたら皮膚や目、気管が爛れて酷いことになる。これは原始的ながら化学兵器なのだ。

伊丹はロゥリィを背後から抱き上げると、白い煙から距離を置いた。

「こっちだ、カーレア！」

「お、お前はカシュ⁉」

「いいから早く」

そして煙が晴れると、後にはもうカーリーの姿はなかった。

「ヨウジィ？　以前にもぉ、こんなことあったわよねぇ？」

「はい？」

ロゥリィは懐かしげに言いながら、自分の胸に視線を下ろす。釣られて伊丹も視線を下ろすと、ロゥリィを抱き上げている手が、彼女のささやかな膨らみをしっかり掴んでいた。

「あ……」

その後、伊丹に起こったことも、前回をしっかりと踏襲したものとなった。

「ハジメ！」

「徳島君、徳島君！」

戦いが終わってみると、江田島とオデットが徳島の名を呼ぶ声だけが聞こえた。しかし徳島は、ぐったりと倒れて反応を示さない。

「その男を死なせてはダメよぉ」

戦いに倒れた戦士の魂を、主神エムロイの元へと導くことを悦びとする死神ロゥリィが、珍しいことに徳島を死なせるなと告げる。もちろん、その意見には同意だが、伊丹はその珍しさの理由を求めた。

「どうして？」

「裏切られ、疑念と絶望を抱いたままの魂魄(こんぱく)は、カーリーの滋養になってしまうからよぉ。そしてそのことは、メイベルも感じ取るわぁ。メイベルは本当の本当に絶望してしまうでしょう」

そうなったら、メイベルの身体からカーリーを引き剥がせなくなってしまうとロゥリィは語った。

「ですが……」

しかし江田島は口籠もった。

ここには助ける手段がないのだ。現代医療で救命処置をしてくれる医療機関もない。心肺機能を代行してくれるエクモもない。だから江田島の中では、このまま徳島の苦しみを引き延ばすようなことを続けていいのかという躊躇いが生じ始めていた。

しかし、ロゥリィは告げた。

「これを使えばいいわぁ」

ロゥリィは自らの胸に爪を立てる。

そして正中線に沿って胸を切り裂き、その中から心臓を一つ毟り取った。それはメイベルから奪い取った血剣ディーヴァである。

あまりにも痛そうで思わず目を背けたくなる行為だったが、カーリーとの戦いである程度耐性が出来たのか、皆はそれに見入っていた。

ロゥリィが胸中から抉り出した心臓は、鼓動したまま血剣の形を作ろうとする。しかしロゥリィはその前に徳島の胸の穴にそれを近付けた。

「メイベルも、トクシマの命を繋ぐためならぁ、受け容れるでしょう」

江田島は慌てて手を引っ込める。

ロゥリィの手で徳島の胸に押し込められた心臓は、あたかも触手生物がごとき血管を周囲の組織に伸ばしていった。

ズタズタになった心臓を押しのけ、代わりに大動脈弓を奪い、胸大静脈、肺動脈、肺静脈へと繋がる。そして体内に残った血液を掻き集めると、リズミカルな鼓動を打ちながら全身に向けて送り出した。

蒼白になっていた徳島の顔に、血の気が蘇っていく。徳島は深い溜息のような長い息を一回吐くと、安定した呼吸を再開させたのである。

徳島が危篤状態から脱したことは、誰の目にも明らかであった。

15

その報せを受けた時、七カ国連合軍の代表シャムロックは、驚愕の余り椅子から立ち上がって叫んだという。

「何だって⁉　ど、どういうことだ？」

「ですから、アトランティア・ウルースは、プリメーラ女王陛下率いる新生アヴィオン王国によって占領、併合（へいごう）されました。あそこにあるのは、もうアトランティアではありません。アヴィオン王国なのです」

新生アヴィオン王国の外務尚書ベル・ベト・ウィナーが、七カ国連合の代表達に告げた。

「苦し紛れに茶番を弄したか……」

「いいえ、事実です。どうぞ、その目でお確かめください」

こうして七カ国連合の代表者達は、総旗艦ナックリィ号を、かつてアトランティアと呼ばれた船の群れへと急がせたのである。

「何ということだ」

「景色が一変しておるぞ」

次第に近付いてくる船の群れからなる人工の陸地。

しかしそれは、彼らの知るアトランティア・ウルースではなかった。

小さな島を中心にして、それを取り囲むように白い船がずらりと並んでいる。そしてどの船にも、風に煽られたアヴィオンの国旗が翩翻と踊っていた。

そして人々は、新たな女王の戴冠を祝っている。それは、これから攻撃を受けるという恐れ戦いた人々の姿ではない。

「いかがでしょうか？　私の言葉が嘘ではないとお分かりいただけましたか？」

「はっ！　目立つ船の色を白く塗り替え、国旗をすげ替えただけで別の国だと!?　こんなこと認める訳ないだろう！　どうせレディ女王と侍従達がいなくなり、狼狽えまくった大臣共が、空っぽの頭を振り絞って考えたことに決まっている！」

シャムロックはそう言って嘲笑った。

「確かにそうかもしれませんな」

外務尚書は、淡々と告げた。

「しかしこれもまた事実なのです。ここは既に、アヴィオン王国正統の血を引くプリメーラ女王陛下が治める国です。そのことの意味は、皆様ならばお分かりですね？　もしこの国に害を為す者あらば……しかもそれが、旧アヴィオン王に仕えてきた者であるならば、大逆の罪を背負うことになりましょう」

七カ国の代表達はベル・ベト・ウィナーの確認するような言葉にぐびりと唾を呑み込んだ。

アヴィオン七カ国の為政者達は、その統治権を旧アヴィオン王家より与えられている。王家から爵位と領地、あるいは特権を与えられたから君臨できるのだ。

主家が没落してしまったから、今では独立国然として振る舞っていられるが、王家が再興したからには従わねばならない。もし王家に反逆したら、自らの正当性を自分で否定することになってしまう。

しかもどの国も国内に王政復古派を抱えている。多くの国民が、アヴィオン王家を懐かしく思う気持ちを持っており、その血筋を尊敬しているのだ。もし反逆などすれば、その国民達が自分達をどのような目で見ることになるか。

そう考えたら、この事態を軽々に茶番と罵ることは出来ない。

「と、とにかく、プリメーラ姫……いや、女王陛下に拝謁せねば」

「そ、そうだ。全ては事情をきちんと伺ってからだ」

七カ国の代表達は、結論を先送りにすることにした。そして手勢の一部を率いて、アヴィオン・ウルースへと上陸したのである。

七カ国連合の代表達が、王城船の深奥、大謁見室へと乗り込んでいく。

特に先頭に立つシャムロックの足音は、苛立ちと怒りを表現するかのように険しい。

武具の金属音は耳障りなほどで、謁見の間へと続く廊下で行き合った女官達は顔を顰めた。

「お嬢様、これは一体どういうことですか？」

シャムロックは謁見室に入るなり、挨拶もしないうちから桃色の髪に王冠を戴いたプリメーラへ歩み寄った。

だが彼の前に、新生アヴィオン王国の閣僚や提督達が立ちはだかった。

「シャムロック統領代行。場と身分を弁えよ。女王陛下の御前であるぞ」

既に大謁見室には閣僚と文武の高級官僚が揃い、威儀を正し、厳粛な空気を醸していた。まるで何日も前から入念に用意されていたかのようで、昨日今日で急造された政府とはとても思えなかった。

「くっ……まだ、戴冠式はなされてないはずだ」

するとプーレが、プリメーラの囁きを代言した。

「ようこそ、シャムロック統領代行。我が戴冠式に特使を派遣してくれてありがとう。感謝します」

見れば、謁見室の隅のほうに、ヴィが澄まし顔で立っていた。

「本当か、ヴィ？」

「もちろんです。女王陛下は、先ほど無事に戴冠式を終えられました」

プーレが女王の言葉を代言する。

「戴冠の儀式にご臨席いただけなかったことは至極残念に思っている。なれど、祝賀の午餐会を開く。それにはご列席いただきたい。我が宮廷料理人パッスムの料理、きっと皆も満足するであろう」

プリメーラはアヴィオン家の女王であり、七カ国の代表達は宮廷儀礼上その家臣となる。当然、プリメーラの口調は上から下の者に向けたものとなる。それがどうにも馴染めないシャムロックは、吐き捨てるように苛立ちの言葉を放った。

「ったく……これが芝居なら、随分と酷い脚本だな。別の作家を雇ったほうがいい」

「脚本とは何のことか？」

「ここで起きている全てが安っぽい茶番だ。貴女の戴冠も、この新しい国とやらも。たった一夜で立ち上げたような国など誰が認める!?」

その時、アヴィオン王国の国務尚書のアドニス・メ・ディズゥエラが言った。

「国を成り立たせるのに必要なのは時間ではない」

そして王璽尚書モルガ・ミ・ファが続ける。

「必要なのは、正統性であり、法的な正当性なのだ」

すると、シャムロックは大きく頷いた。

「その意見には大いに同意する。だが、このアヴィオンとやらには、その正当性が欠けている。何故なら、このアトランティア・ウルースにはレディという女王（ハーラム）がいるからだ」

「いや、女王（ハーラム）レディはもういない」

「いや、いる。この国の侍従達によって捕らえられ、我らの元へと連れてこられた。女王（ハーラム）レディは今、我らの客人だ。レディの身柄を我らが押さえたことで、この国を構成する王城船も財宝も、人民も、何もかもが、全て我が七カ国連合のものとなったのだ。それはつまり、この国を煮るのも焼くのも我らが決めるということだ。突然現れたアヴィオンなどという国ではない」

「それはつまり、ティナエ共和国政府は公式見解としてプリメーラ陛下の戴冠に異議を唱える、ということでよいのだな？」

外務尚書ベル・ベト・ウィナーが問いかける。

「いや、プリメーラ姫……否、プリメーラ陛下の戴冠には、私も異議を唱えたりはしない。いくらでもどうぞ、好きな時に王冠を被ったり外したり、他人に譲り渡したりなさればよろしい。しかし、このウルースの主権に関しては正当性はない、と言わせていただきたい」

「我らに主権を主張する正当性がないだと？」

「そうですとも。そもそもアヴィオンの版図は、アヴィオン海の七つの島々だった。碧海の海賊共の親玉などではない。つまり、アトランティア・ウルースは、アトランティア王家が受け継いでいくものだ。従って、女王レディが存命している限り、その統治権はアトランティアのものなのだ……」

プリメーラの閣僚達は、返す言葉もなく戸惑い顔で黙ってしまった。確かにシャムロックの言葉通りだからである。

「……」

シャムロックは勝ち誇って周囲を見渡した。

「どうやら反論がないようですな。ならば、全てを引き渡してここから出て行かれるがよい。そして貴女方の王国ごっこは、どこか別のところでやりなさい！」

シャムロックの言葉に、軍務尚書が不満を漏らした。

「随分と無礼な態度だな……」

「無礼と仰られたか？　確かに私の言葉は無礼だ。なれど、このアトランティア・ウルースの海賊共と戦ってきたのは、我がティナエをはじめとする七カ国の国々だ。戦いの中で、多くの船が沈み、大勢の兵士が犠牲となってきた。その苦難の戦いの果てに、ようやく勝利を手にしようとしたその時に、その勝利の果実を横から掠め取っていくような行為を許せるはずがない。無礼と言えば、そちらのほうこそが無礼なのだ！」

「……」

「さあ、去りなさい。今更アヴィオン王国などというカビの生えた代物を持ち出して意地汚く生き延びようとする貴女方は、我らが戦利品であるこのアトランティア・ウルースから立ち去るんだ！」

シャムロックは出口を指差すと声高に言い放った。

「その言に、異議あり」

するとその時、ヴィが前に進み出たのである。

「いよいよ始まりますよ」

大謁見室の隅の隅。メイドや近衛の兵士達が作る人垣の後ろの目立たないところで全てを見守っている伊丹は、隣に立つ江田島に囁いた。

「江田島さん。あの役、貴方がやりたかったんじゃありませんか？」

「いいえ、あんなのは、私には役者が不足してますよ。他にいい人がいたら、当然お譲りします」

「その割には、随分とヴィ君にいろいろと入れ知恵してましたけど……」

「私がしたのは、ちょっとしたアドバイスに過ぎませんよ」

「アドバイス？　こんな場面ではこんな主張をすべきとか、そういうのを懇切丁寧にセリフまで作って教えるのが、アドバイス？」

「それは当然です。何しろヴィ君は、この世界でこれからプリメーラさんを支えていかなくてはならないのですから。彼には、相応の立場というか、名声が必要なんです。だからこそ今日活躍する必要があるのです。徳島君が、厨房の仕事をパッスム氏に譲ったのと同じことですよ」

「なるほどねえ。確かにそうか……」

伊丹はそう言って肩を竦めたのである。


「お前は黙っていろ。呼んでいないぞ！」

ヴィが前に出てくると、シャムロックはけんもほろろに突っぱねた。

シャムロックからすれば、ヴィは『黒い手』の一員だった頃から自分の部下の部下のそのまた部下程度の存在。国を代表する特命全権大使に任命したが、それとて軽輩を送り付けることで、間接的にレディを侮辱するためだった。レディの怒りを買って処罰されたとしても痛くも痒くもない、言わば鉄砲玉のつもりだったのだ。そんな者がこんなところで口を差し挟んでくるなんて、あってよいことではないのである。

だがヴィは、堂々とシャムロックに逆らった。

「いいえ、黙りません。私はティナエの特命全権大使としてここに来ているので！」

「では、お前の特使の任を、統領権限で解くことにする。直ちにここから出て行け！」

「なるほど。解任の辞、承りました。ですが、やはり出て行きません。これから私はティナエ共和国の特使ではなく、プリメーラ陛下の忠実な臣下として言葉を述べるからなので」

「何だと？」

「シャムロック統領代行閣下。貴方の仰る通り、七つの国々が苦労して戦い続けたのは確かなので。多くの船が沈み、多くの財産が失われ、大勢の犠牲が出ました。ですが、その戦いに参加したのは、艦隊の軍兵だけではない。プリメーラ陛下も、獅子奮迅の活躍をしたことを代行閣下はお忘れか？」

「何だと？」

「今回の戦いで、アトランティア主力艦隊を壊滅させたのはニホン艦隊。それについて異議はありませんね？」

「あ、ああ……」

「『門(ゲート)』の向こうにある異国に危険を冒して出向き、向こうの政治家と渡り合い、艦隊を送って助けて欲しいと頭を下げて頼んだのは一体誰だったでしょう？　シャムロック代行、貴方ですか？　あの時、異世界の国民の前に出て、語りかけ、共感を得るために必死の努力をしたのは貴方なのですか⁉」

「あ、いや……」

「私は同行したからはっきり憶えています。いつ死んでもおかしくない鎧鯨(よろいくじら)の襲撃などの危機を、何度も何度も乗り越え、援軍を得て帰ってきたのは、ここにおわすプリメーラ陛下です。そして今回、アトランティアと戦い、その近衛艦隊を壊滅させたのも、ニホン艦隊。シャムロック代行は、新生アヴィオン王国が、プリメーラ女王陛下が、勝利を掠め取ったと仰った。だがそれを言うなら、この戦いの勝利を掠め取ったのは貴方なので！」

「我らが何もしてないと言うか！」

さすがに罵られるままでは我慢できなかったのか、シーラーフの老主が言い返した。

「事実として何をしたか⁉」

「我らは七カ国に連合を呼びかけ……」

「その七カ国連合は何をしたか⁉　誰と戦って、勝利にどのような貢献を果たしたのか⁉　形勢が明らかになってから、逃げ出していく船を捕らえて嬲るように沈めることですか？　それが勝利への貢献だなんて言い出したら殺しますよ！」

「……」

ヴィの噛みつくような視線を浴びて、七カ国の代表達は俯いて視線を泳がせた。シャムロックだけが、満身を震わせて顔を真っ赤にしている。

「この戦いの勝利に真に貢献したのが、プリメーラ陛下であることは紛れもない事実。その陛下が即位し、国を建てる。ならば、勝利の果実を陛下が得るのは当然なので！」

「だ、だが……ウルースはレディ女王（ハーラム）のもので……」

「アヴィオン王国は、アトランティア・ウルースに勝利し、無血で占領し、併合したので！　それによって、この国はアヴィオンの統治下に収まった。代行の言う、女王（ハーラム）レディの統治していたアトランティア・ウルースこそ、もう滅んでどこにもなくなってしまったので！　せっかくその身柄を押さえたのに、レディ陛下のものはここには何も残っていない。領土も領民も財宝も全部ない。ないない尽くしの空っぽなので。ここで略奪した財宝や奴隷を、自分の名でティナエの皆に分け与えて支持率獲得、代行から統領に成り上がろうと思ったんでしょうが、残念でした～、またどうぞ～なので！」

「き、貴様！　それでもティナエの特使か？　この裏切り者め」

シャムロックはヴィを見据えた。

「私のどこが裏切り者？」

「我々はティナエ国民の納める租税で養われている。従って我々は、ティナエ国民にとっての利益を掻き集めるのが務めだ。そこから考えれば、このアトランティア・ウルースから戦利品を持ち帰って国を潤すことも俺達の使命なんだよ！　俺の名前であるかどうかに関係なく、正当な行為なんだよ！　なのにお前はそれを妨げようとしているんだから、国民に対する重大な背信行為だ！」

「そう言われても、私はもう特使ではないので。つい今し方、解任されました。もうお忘れですか？」

「あ、いや、だが……たとえ職から離れても、祖国の利益を脅かす行為は控えてしかるべきだろう！　貴様は祖国を裏切ったのだ。きっと告発してやるからな！」

「祖国を裏切ったとは聞き捨てならないので。それを言うなら、貴方のほうにこそ数々の裏切りの疑惑があるので！」

「何だと？」

「そもそも貴方はどうしてここにいるので？」

「決まってる。俺はティナエの統領代行だからだ」

「ティナエの統領代行なんて役職は、ティナエの法制度にはないので」

「そ、それは仕方ないことなんだ！ レディ女王（ハーラム）の汚い騙し討ちでハーベイ統領が行方不明になってしまうという緊急事態だったんだから！ 権力と意思決定の空白を作る訳にはいかなかったのだ！ 臨時の処置なんだよ！」

「その汚い騙し討ちが行われることを、統領代行は知っていた疑いがあるので！」

「なんだと!?」

六カ国の代表達の表情が険しくなった。

「き、聞き捨てならないことを言うな！ 俺だけ安全な場所にいた訳じゃないんだぞ！」

シャムロックはすかさず潔白を訴えた。しかしヴィは余裕の態度のまま追及を続けた。

「でも貴方だけ助かったのも確かなので。他にも、貴方には数々の疑惑があります。十人委員の謀殺。軍需物質の海賊への横流し、情報漏洩などなど。特に、シーラーフにお嫁入り前のプリメーラ姫がサリンジャー島で襲撃された件については、襲撃者は『黒い手』だったのではないかという疑惑があるので。当時、『黒い手』の統括責任者は誰だったでしょう？」

「そ、それは俺だが……しかし俺は関係ないぞ！　襲撃事件なんて知らん！」

「よく考えてから答えるので。『黒い手』の一人一人に当たって尋ねれば分かることなので」

「くっ……」

シャムロックは冷や汗を流しながら言葉を濁した。

すると他の六カ国の代表が言った。

「そんなことよりシャムロック統領代行。レディ女王(ハーラム)の騙し討ちを、あらかじめ知っていた件について説明してくれ」

彼らにとってはプリメーラ襲撃よりもそちらのほうが重要のようだ。レディの騙し討ちで彼らの肉親や部下達の多くが犠牲になったのだから、当然といえば当然だった。

「あの時私が別の船に乗っていたのはたまたま……たまたま用件があって統領に、……い、いや、そうだ、統領からのご指示があったんで、エイレーン号に乗っていたのだ！」

「へぇ、統領のご指示？　それをどうやって証明するので？」

「口頭での指示だったから証明のしようがない。しかしあの時、確かに統領から『シャムロック君は万が一の事態に備えて別の船に乗っていたまえ』と指示されたのだ。『万が一の事態が起きたら私の代理として権力を掌握し、仇をとって欲しい』と。もちろん、レディ女王（ハーラム）の裏切りなんて知らなかった。しかし万が一に備えるのは、為政者の義務だ。そのために備えておくハーベイ統領の慧眼（けいがん）には、俺も非常に感心した。だから、その後の俺の行動も、すべては統領のご指示によるものなのだ！」

「なるほど十人委員の抹殺も、統領のご指示でしたか」

「そうだ。……そ、それとプリメーラ姫襲撃事件だが……」

シャムロックは玉座のプリメーラをチラリと見る。

「今だから言ってしまうが、あれもまた、統領のご指示があってしたことだ」

「なんですって？」

プリメーラが立ち上がった。

「あれは、王政復古派が姫を拉致しようとしているという情報が入って、シーラーフへの出航を先延ばしにするためにワザと事件を引き起こしたんだ。事件をシーラーフへの不義理の言い訳にするつもりだったのだ。これもまた統領のご指示だった」

「そんなことはあり得ません！」

プリメーラが声を荒らげる。コミュ障とは思えない声の大きさだ。

「貴女には信じられないでしょうが、それが事実なのです。それが政治です。だから『黒い手』の者に尋ねれば、俺の命令だったという答えが返ってくる。俺に幾つもの疑惑があると言うが、その多くは政治の暗部でなされてきた工作の結果なのだ」

「何もかも、ハーベイ統領のご指示。随分と都合のいい話なので……」

「そう言われるのも仕方がないな。だがそれが事実だ。汚い仕事をしてきたことを責めたければ責めるがいい。そうした泥を被るのも、政治を陰から支えてきた者の務めだ」

「自分は、統領を支えるために陰で手を汚してきた誠実な人間とでも言いたいので？」

「誠実な人間だなんて言わないさ。だが、懸命に国に尽くしてきた俺が、私利私欲のために国への裏切りを働いていたというのなら、それを裏付ける証拠を出せ！　証拠を出してみろ！」

「確かに証拠はないので」

「そうだろう？」

「けれど証人ならいるので」

「証人だと⁉」

ヴィが振り返る。

その時、大謁見室の扉の前に立つ布告官が、床を杖で二回叩いた。甲高い音に続いて布告官の声が謁見室中に響く。

「『碧海の美しき宝珠（ほうじゅ）ティナエ』の統領（ドージェ）にして、アヴィオン王国女王陛下の父君、ハーベイ・ルナ・ウォールバンガー。御入来！」

大きく開かれた扉から、男性が入ってきた。

「お父様！」

プリメーラが、玉座から立ち上がる。そしてハーベイの元へと走り寄った。

心温まる親子の再会の場面でしばし見守りたいところではある。

しかしヴィは間髪容れなかった。

「さて、シャムロック統領代行……否、元代行」

ヴィはあからさまにシャムロックの職名に「元」と付け加えた。

しかし、ハーベイ帰還という事態に動揺したシャムロックは、それに気付いているのかいないのか、ヴィの問いかけに気もそぞろな様子で答えた。

「な、何だ？」

「今、元代行は、すべては統領閣下のご命令だったと仰った。そうですね？」

「いや、そんなことは……言ったかな？」

「統領閣下、実際のところはどうだったのでしょう？」

「いや、私は何も命じていないぞ。私とシーラーフの老主との間柄で、下手な小細工を弄する必要なんてどこにある？」

ハーベイの視線を受けてシーラーフの老主は大きく頷いた。

「あ、いや……そんなことは……」

「シャムロック。私はよく憶えているよ。レディ女王の騙し討ちの前だ。君は、私が会議を開くと言って呼び付けても、決して私の元に来なかった」

「シャムロック元代行。説明を聞かせてもらいたい！」

六カ国の代表達が目を据わらせながら問いかけると、ティナエ海軍のカイピリーニャ艦長が、武装した海兵数名と共にやってきた。

「か、カイピリーニャ!?」

「シャムロック元代表代行。貴方を逮捕いたします。おい」

海兵はシャムロックを両脇から挟むようにして立った。そして、大謁見室から強引に連れ出していったのである。

「放せ！　お前達、俺を誰だと思ってる!?　俺の命令を聞け！」

シャムロックが叫ぶ。しかし、カイピリーニャは言った。

「『元』代行だろ？　ハーベイ統領が行方不明が故に存在した役職は、ハーベイ統領が帰還したら消失する。当然の話だ」

「……ぐっ」

「くそおおおおおおおおおおおおおおおおおおおお、貴様ら憶えてろ！」

シャムロックはみっともないほどに騒ぎながら、大謁見室から引っ立てられていったのである。

「さあ、連れていけ」

シャムロックが退場すると、ハーベイ統領が深々と頭を垂れた。

「さて、六カ国の代表の皆様には、いささかお見苦しいところをお見せしてしまった。ここに深く陳謝いたします」

するとシーラーフの老主が、皆を代表して言った。

「いや、よいのだ。しかしハーベイ統領は、どうやってあの状況で生き残ったのだ？」

「そうだ。他にも生き残りがいるのか？」

もしかしたら自分達の家族も助かっているかも。そんな期待を込めた目で代表達は尋ねた。

「私は乗っていた船ごと海底まで沈んでしまったのだが、たまたま船の中に空気溜まりが出来ていてな、そのおかげで息が続いて、溺死を免れたのだ。そこへ海棲亜人達が宝探しにやってきてな、助けられたらしい」

「……らしい？」

「狭いところに溜まっていった空気だ。しばらくしたら空気が汚れて、私も頭をやられてしまった。おかげで随分と長く、自分の名前すらも思い出せんようになっていたそうだ。その後、いろいろとあって記憶を取り戻したら、カイピリーニャ艦長の船で寝ていたという訳だ。何が何だか、状況を理解するのにとても時間がかかった」

「そうか。貴君が助かったのは、ただの幸運でしかなかったのだな」

代表達は肩を落とした。

自分達の一族や家族には、ハーベイのような幸運を望むことは出来ないと理解したのだ。

重苦しい空気が流れる。

そんな空気を変えようと、ハーベイは言った。

「ところで、話は変わるのだが……」

「何だ？」

「今度、私の娘が女王に即位して国を建てることになった。父親としては祝ってやりたいと思うのだが、貴君らもご賛同いただけるだろうか？」

ハーベイに問われた代表達は、互いに顔を見合わせた。

アトランティアとの戦いに最も貢献したプリメーラの父であり、七カ国連合の盟主でもあるティナエの統領からそう求められては、彼らとしても、嫌だとはとても言えなかったのである。

余

「くそおっ！　放せ、放せ――――！」

シャムロックは、総旗艦ナックリィの最下層にある牢へと放り込まれた。

「お前ら、後で後悔するぞ！　絶対に後悔させてやる！」

しかしシャムロックを連行してきた海兵達は、振り返りもせず立ち去ってしまった。

幾ら叫んでも誰も戻ってこないと理解したシャムロックは、怒りに任せて鉄の扉を拳でぶん殴る。そして甲高い音とともに拳に走った激痛に呻いたのである。

「くそっ！」

すると、女声の軽快な笑い声が響いた。

「だ、誰だ？」

「わたくしです。お前、自分で閉じ込めさせたくせに忘れたのですか？」

その声の持ち主は、レディであった。アトランティアの女王レディが何とシャムロックの隣の房にいるのだ。

「お前もいつかはこうなるだろうとは思っていましたが――まさかこんなに早いとは、それが意外でした。没落するにしても、ちょっと早過ぎるのではありませんか？」

「仕方ないだろ？　ハーベイの奴が生きてやがったんだから。それに加えてヴィの奴が」

「あのボウヤのこと？　あの元気なボウヤだったらやりかねないわね」

レディは面白そうに嗤った。

「くそっ……」

返す言葉もないシャムロックが舌打ちする。

シャムロックがヴィに対して抱いた感覚は正しかった。『黒い手』から排除しただけで満足せず、叩き潰しておくべきだったのだ。

「こうなったのも全部、奴のせいだ。あのくそ海賊が、プリメーラ姫をちゃんと助け出すことに成功してれば、こんなことにならずに済んだんだ」

「そいつは悪いことをしたな。失敗しちまって……」

その存在をほのめかした途端、本人から返事があったのでシャムロックは絶句した。

「ドラケ、ど、どうして貴様がここに？」

「あたいらもいるよ～」

続いてオディールと配下達の声もした。

「な、何で、オディール達が？」

「あたいら、みぃーんな捕まっちまったんだ」

「し、しかし、どうしてお前らまでこのナックリィ号に？」

「あのヴィって坊主の指図だ。俺達をティナエに連れ帰って、俺達とお前さんとの繋がりを自白させるんだとよ」

「何てこった」

シャムロックは頭を抱えた。

様々な疑惑でシャムロックは窮地に立たされているが、物的証拠や証言があるのはプリメーラ襲撃事件だけ。十人委員の暗殺やレディの騙し討ち、情報漏洩なんて知らないと逃げ切れば、全財産没収と国外追放で済んだかもしれないのだ。

しかし、海賊と繋がっていたことまで立証されれば話は変わる。間違いなく縛り首だ。

「ま、そのおかげで俺達は、即刻縛り首にはならずに済んでるんだがな……」

ドラケがシャムロックに感謝の言葉を述べた。

その楽観的な態度に、シャムロックは呆れ果てた。

「死刑が先延ばしになっただけだから。俺達全員、間違いなくこれだ」

シャムロックは両手で自分のクビを押さえて絞首刑の芝居をした。

「脱走するしかないな」

ドラケがぽつりと言った。

「でも、どうやって？」

「そりゃ、隙を見て、看守に襲いかかるとか牢を破るとか、壁に穴を開けるとか……」

その時、シャムロックやドラケの知らない声がした。

「あるいは、外の者に助けてもらうとかだ……」

「？」

「ヴェスパー！」

レディが顔を寄せて声の主を確かめようとする。するとそこには、懐かしくも愛おしいレディの旧知の男がいた。

「レディ。そこにいたのかい？」

「ど、どうして貴方がここに」

「俺もいるぜ」

するとと横から、この国の宰相が顔を出した。

「イシハ、お前まで⁉　一体お前達がどうして？」

「そりゃ決まってる」

「君を助けるためだ」

ヴェスパーがレディと見つめ合っている。その隙に、石原は牢の鍵穴に針金を差し入れた。

「見張りはどうした？　いなかったのか？」

シャムロックが尋ねる。

「確かに、諸君らの会話に聞き耳を立てている者はいた。しかしもう大丈夫だ。その者は今屈強な女兵士が拳の力で眠りの世界に送り込んだ」

「早くしろ！　こっちは終わったぞ」

すると、階段の上から人民解放軍の黎紫萱（レイ・ズシェン）の声がした。ヴェスパーの言う女兵士とは彼女のことだ。

「そう急かすなって、黎……」

「子供が今にも泣き出しそうなんだ。泣き出したらマズい……」

「分かった。分かったから待て」

さすがに工作員として訓練を受けているだけあり、石原は原始的な構造の鍵を簡単に開けてしまった。

「さあ、レディ。出よう」

扉を開くと、ヴェスパーが諸手でレディの手を取った。

「どうして？　貴方がどうしてここに？　貴方の姿が消えて、わたくしはてっきり見放されてしまったと思っていたのに……」

「私は待っていたのだ。君が何者でもない、ただの一人の女となる時が来るのを……」

意味が分からないとばかりに、レディは首を傾げた。

「君は皇帝の姪で、アトランティアではハールの妻で、そして女王（ハーラム）だった。私が愛するには余計な飾りが多過ぎたのだ。だが、帝国から追放されて皇帝の姪という立場は消えた。そしてアトランティアもついに滅びた。君はもう、誰でもないたった一人の女だ。ただのレディだ。私は君がそうなる時を、首を長くして待ち続けていたのだ」

「何だか、また小難しいことを言ってるよ、この占い師は。そういうことは、ここを出てからにしてくれ。黎が苛立ってる」

「でも、息子が……」

「大丈夫、君の息子はとっくの昔に助け出した」

「黎の奴がな」

「何をもたもたしている！　急いでくれ！」

苛立つ黎が階段を下りてきて、石原達を急かす。見れば、小さな子供が黎に抱かれていた。黎としては子供がいつ泣き出すのか、気が気でないのだろう。

「分かった、急ごう」

そう言いながら、石原達は船倉を後にしようとする。すると、シャムロックが言った。

「待て待て待て待て、ちょっと待て！　俺達もここから出してくれ！」

「どうして？」

「俺達を見捨てたら盛大に騒ぐぞ。捕虜が脱走するぞって。それでもいいのか？」

すると黎が白刃煌めく短刀を抜いて凄んだ。

「ならば、騒げないよう口を塞ぐという手もあるぞ……」

「いや待て、黎。一度に全員の口を一気に塞ぐのはどうやっても無理だ」

石原が海賊達のいる房に目を向ける。中にいるのは、一人や二人ではない。全員の口を塞ぐまでに、残った奴らが船中の海兵を呼び集めてしまう。

「だからどうしろと？」

「連れていくしかない」

「ちっ、仕方ない。急げよ」

黎の了承を得て、石原はシャムロックやドラケらの扉も開けていったのである。

＊　　＊

「船渠船の天蓋が開き始めました！」

「中から飛行船が……」

「七カ国連合から連絡です。捕虜達が脱走したそうです」

次々と伝令兵が玉座の間にやってくる。

彼らのもたらした断片的な報告を総合すると、総旗艦ナックリィ号の牢獄に何者かが潜入し、シャムロックや海賊ドラケ一党、更にはレディを脱獄させた挙げ句、船渠船内で建造途中の飛行船を使って逃亡したらしい。

「驚きました。彼らはここで飛行船なんてものを作っていたのですねぇ」

外を見れば、飛行船が大空に向かって浮き上がっていくところだった。

一旦空に飛ばれてしまったら、これを追う手段は、特地の海洋国家にはない。いや、このアヴィオン王国には、艤装中の飛行船がまだ二隻あるようだが、少なくとも飛べる状態にはなっていないのである。

そんな飛行船を見送りながら、ヴィが皆を代表して江田島に尋ねた。

「でも、よかったので？」

「何のことでしょう？」

江田島がしらばっくれたので、カイピリーニャ艦長が問うた。

「あんた、奴らをひとまとめにしておいたら、脱走を企てるなんてことは分かってたんだろ？」

「ええ、分かっていましたよ。ですが、これは我々にとってとても都合のよい終わり方です」

「どうしてだい？」

シュラが首を傾げた。

「シャムロック元代行ですが、彼を裁きの場で有罪にするには証拠が不十分でした。海賊達の証言を得ればそれも可能だったでしょうが、海賊達が素直に自白するとも限りません。ですが、今回シャムロックと海賊達は一緒に逃げました。これで彼は、自らの有罪を自ら証明してしまったのです。それに、レディ女王(ハーラム)やその王子殿下の扱いも、頭の痛い問題でした。七カ国連合は、民衆の前で女王(ハーラム)を断頭台に据えて処刑したかったのでしょうが、今後の帝国との関係を考えますと、やってよいことではありません。我が国日本としても、それに加担したと批判されるのは避けたかった。ですから、自主的に逃げていただけてとてもありがたいのです。少なくとも、向後(こうご)何があったとしても、プリメーラさんや日本は無関係だと主張できますからねえ……」

すると、プリメーラ女王が尋ねた。

「でも、七カ国連合の民衆は、不満に思うのではありませんか？」

せっかく勝利したというのに、略奪品や奴隷の分配もなければ、処刑される女王(ハーラム)を見物し、溜飲を下げることも出来ない。

これでは民衆も不満を抱くはずだ。

日本でも、日露戦争で賠償金を取れなかったことに不満に抱いた国民が、暴動を起こしたことがある。

しかし江田島は「そうでしょうねぇ」と人ごとのように言うだけであった。

「ですが、それらへの対処は、七カ国それぞれが考えればよいのです。そもそも、彼らを逃がしたのは、我々ではありませんからねえ。大きな船が手に入ったからと言って、指揮施設の全てをその船に集めるのはよいですが、留置施設までいっぱい作ったら、居合わせた捕虜達が共謀して脱獄を企てたとしても不思議はありません……」

ヴィは呆れたように言った。

「分かっていて警告しないだなんて、大人というのは随分と狡いので」

「政治とは、元来そういうものです。貴方もプリメーラさんを支える政治家となるのでしょう？　ならば毒舌だけでなく、強か（したた）さと狡猾（こうかつ）さを身に付けるよう努力してください」

江田島はヴィの今後に期待すると言って、励ますように肩を叩いたのであった。

「さて……行きましょうか」

「はい、統括」

徳島を乗せた担架が、アヴィオン・ウルースの埠頭に横付けされた潜水艦『きたしお』へと進み始めた。

ロゥリィの機転でどうにか一命を取り留め、意識を取り戻した徳島だが、胸部の外傷そのものが治癒した訳ではないので、急遽アルヌスに送り返されることになったのだ。

もちろん、江田島も上官としてこれに付き添わねばならない。

江田島は徳島の直属の上司であり、その負傷にも責任を持つ。今回の行動中に得た知見で、報告しなければならないことも多いのだ。

ちなみに伊丹は、ロゥリィ、テュカ、レレイ、ヤオら現地協力員達とともに、カイピリーニャ艦長のエイレーン号でティナエに向かっていた。

海神の領域である海中には、エムロイの使徒であるロゥリィは無断で立ち入れないらしく、潜水艦に乗れないのだとか。

二人の帰国を、プリメーラとシュラ、そしてオデットが見送りに来ていた。

プリメーラはアヴィオンで女王となった。従ってこれ以降は、プリメーラの戻る場所はここだ。当然プリメーラを支えるシュラも、ここに残る。

「……ハジメ」

問題は……オデットであった。

オデットは青白い顔で、徳島の担架にしがみ付いた。

徳島が健康を取り戻すには、彼を日本に帰すしかないことは分かっている。しかし、徳島と離れがたく、身が引き裂かれるような思いに苦しめられていた。

「オディ。行ってもよいのですよ」

プリメーラはオデットに、徳島について行ってはどうかと囁いた。

しかしオデットは、歯を食い縛って頭を振った。

「プリムには、わたしが必要なのだ」

女王になったばかりのプリメーラには、一人でも多くの信用できる存在が必要となる。

何しろこの国は、プリメーラが知らない者ばかりなのだから。政治だって初めてだ。大臣に相当する尚書連中も、能力的には使えない奴らという宣告をレディから受けたような者達だ。一時的には役に立ってくれたが、これからこの国を導いていくには彼らだけでは不安なのだ。

徳島の命が今にも尽きてしまいそうだというのなら、是が非でも付き添うが、時間の問題で回復すると分かっているのなら、自分の心配心を満たすためにプリメーラを見捨ててしまうなんて出来ないのである。

「ハジメ……」

オデットは徳島の手を握った。徳島もオデットの手を握り返すと、安心させるように言った。

「きっと戻ってくるから……メイベルを取り戻さないといけないしね」

するとオデットは、唇を尖らせ頬を膨らませた。

ここであの女の名を口にするのかと、徳島の無神経さにいささか腹が立ったのである。

しかし同時に、メイベルを無視してしまうような冷たい男ならば、オデットは失望しただろう。だから言った。

「それまでに、こちらのことを片付けておくから、一緒にあの馬鹿を捜しに行くのだ」

「二人が戻ってくるまでに、飛行船を使えるようにしておくよ」

オデット、そしてシュラは、徳島達が帰ってきてからの協力を請け合ったのだった。

潜水艦に江田島と徳島が乗り込むと、ハッチが閉じられ、黒い船体はゆっくり埠頭を離れていった。

この無機質な船は、徳島らを船内に収めると、もうやりとりを遮断してしまう。互いに姿が見えなくなるまで手を振るとか、声を掛け合うといった情緒的な見送りはまったく出来ない。しかしそれでも、プリメーラ、オデット、シュラの三人は、潜水艦のセイルが海中に没するまで、見送りを続けていたのである。

こうしてアヴィオン海の人々を苦しめた海賊達の跳梁（ちょうりょう）は、プリメーラの即位をきっかけに急速に収まっていくのである。

とはいえ、この海が平和になるにはまだもう少し時間が必要であった。それどころか、一部の地域ではかえって戦雲がたれこめていったのである。

＊　＊

東京大学実験棟／養鳴研究室

「これより、第二十七次実験を開始するぞ。者ども位置につけ」

養鳴賢九郎教授の号令で、操作室内では学生達が一斉に機械に向かった。

始動シーケンスを確認しながらそれぞれがスイッチを入れ、数値を読み上げていく。

「おい、黒崎君はどうした？」

そんな中、空席が一つあることに養鳴教授が気付く。

「トイレじゃないですか？」

椅子には、黒い鞄が置かれていた。

「しょうがないのう。高沢君が代わってくれ……」

「はーい」

高沢と呼ばれた学生が、椅子から鞄をのけて太いコンクリート製の柱の陰へと移動させる。代わって空席に腰を下ろして、操作を続けた。

「全て良好。オールグリーンです」

「始動十秒前、八、七、六、五……」

この世界を構成する空間を歪めて、『門』を形成する実験が行われようとしていた。

実験に興奮を隠せない養鳴は、少しずつ前に進んで硝子越しに見える実験機に近付く。

そしてコンクリートの柱の前へと歩み出た。


実験棟から小走りに出てきた男子学生が、校門前で黒塗りの乗用車の後部座席に乗り込んだ。

「どうだった？」

車が走り出すと、金髪女性が尋ねる。

「約束通り置いてきたよ」

その直後、激しい爆音と衝撃が背後に響き渡った。

「な！」

振り返った男子学生は、炎上した大学実験棟を驚愕の目で見つめていた。

「よくやったわ。全ては貴方のおかげよ」

「えっ、えっ⁉」

男子学生の腿に、太い注射器が突き立てられる。

「ひっ」

そしてその体内に、薬液が注入されていった。

人気(ひとけ)のない住宅街の道。

黒塗りの乗用車のドアが開き、男子学生が後部座席から路上に転がり落ちる。

黒塗りの乗用車はそのまま静かに走り去っていったのだった。

あとがき

『ゲート　SEASON2　自衛隊　彼の海にて、斯く戦えり　5．回天編』を手にお取り頂き、誠にありがとうございます。

絶体絶命の状況、悪化し続ける局面を一気にひっくり返すのはとても困難な業です。戦況は悪くなるばかり。しかし起死回生の一手はどこかにあると思って、願って、信じてすがりつきたくなるのが人というもの。

けれどやっぱりそんな方法はどこにもない。そもそも追い詰められた状況で思いつく策には碌なものがなく、いたずらに人命を損なうだけ。

実際にその策のために命を賭した人々の思いと行いには、深い感謝の念とかたじけなさを覚えます。しかし発案した人間に対しては、それ以外に道はなかったのかと問いかけたくなります。

「では本当に他の道があったのか」という文句に対しては、一例を挙げて反証といたしましょう。

歴史書を紐解いてみると、それを実際にやってのけた人がいるのです。

フランスの外務大臣シャルル＝モーリス・ド・タレーラン・ペリゴール。教科書などにはタレーランの名で記されている男です。

当時フランスは、ナポレオン戦争の戦後処理で責めを負うべき敗戦国でした。戦勝国に国土を占領され、領土をことごとく列国に引き千切られて奪われ、フランスという国が消滅してもおかしくない窮地。幸運にも生き残ったとしても、莫大な賠償金を課せられてしまうという状況だったのです。

しかし外務大臣のタレーランはフランスという王国を革命の被害者であると主張して、暴虐な独裁者ナポレオンと戦った他の大国と同じ立場にまで押し上げることに成功しました。フランスもまたナポレオンの犠牲者だと言い張り、それを認めさせたのです。

いったいどんなことをしたらそんな詐欺紛いなことができてしまうのか興味が尽きません。

そしてタレーランの外交を陰で支えたのが、アントナン・カレーム。フランス料理の祖とも言われる名料理人でした。

彼は、料理に使われるソースを研究して四系統に分類し、いくつもの料理器具を発明し、今では誰もがよく知るあのコックコートとコック帽を考案した人でもありました。ヨーロッパの王族貴族達はタレーラン主催の晩餐会で、アントナン・カレームの料理と酒に舌鼓をうち、その素晴らしさを絶賛したそうです。

列国の王侯貴族達は、美味い料理を連日食べさせられて気が緩んだところを、タレーランの巧みな弁舌にやられて彼の言い分に頷いてしまったのかもしれません。文化の力がその威力を発揮した局面と言えましょう。

フランスを滅亡から救う回天の業は斯くして、タレーランとアントナン二人の手で成されました。フランスという国は、その後もヨーロッパにおいて中心的役割を果たす国であり続けたのです。

『ゲート SEASON2 自衛隊 彼の海にて、斯く戦えり』の本編もまた、江田島と徳島の二人の手で回天の業が成し遂げられました。

しかし平和とは次の戦いの準備期間です。此の地側と彼の地側、二つの世界は激動の時代を迎えます。

陸から海へ。そして舞台はいよいよ空へと移ります。

柳内　たくみ

ゲート0 GATE:ZERO

自衛隊 銀座にて 斬く戦えり〈前編〉〈後編〉

柳内たくみ Yanai Takumi

ゲート始まりの物語「銀座事件」が小説化!

20XX年、8月某日——東京銀座に突如『門(ゲート)』が現れた。中からなだれ込んできたのは、醜悪な怪異と謎の軍勢。彼らは奇声と雄叫びを上げながら、人々を殺戮しはじめる。この事態に、政府も警察もマスコミも、誰もがなすすべもなく混乱するばかりだった。ただ、一人を除いて——これは、たまたま現場に居合わせたオタク自衛官が、たまたま人々を救い出し、たまたま英雄になっちゃうまでを描いた、7日間の壮絶な物語——

アルファライト文庫

この作品に対する皆様のご意見・ご感想をお待ちしております。

おハガキ・お手紙は以下の宛先にお送りください。

【宛先】

〒150-6008 東京都渋谷区恵比寿 4-20-3 恵比寿ｶﾞｰﾃﾞﾝﾌﾟﾚｲｽﾀﾜｰ 8F
（株）アルファポリス　書籍感想係

メールフォームでのご意見・ご感想は右のＱＲコードから、
あるいは以下のワードで検索をかけてください。

アルファポリス　書籍の感想 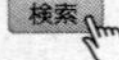

ご感想はこちらから

本書は、2020年11月当社より単行本として
刊行されたものを文庫化したものです。

ゲート SEASON2 自衛隊 彼の海にて、斯く戦えり 5.回天編〈下〉

柳内たくみ（やないたくみ）

2022年9月30日初版発行

文庫編集－藤井秀樹・芦田尚
編集長－太田鉄平
発行者－梶本雄介
発行所－株式会社アルファポリス
〒150-6008東京都渋谷区恵比寿4-20-3恵比寿ガーデンプレイスタワー8F
TEL 03-6277-1601（営業） 03-6277-1602（編集）
URL https://www.alphapolis.co.jp/
発売元－株式会社星雲社（共同出版社・流通責任出版社）
〒112-0005東京都文京区水道1-3-30
TEL 03-3868-3275
装丁・本文イラスト－黒獅子
装丁デザイン－ansyyqdesign
印刷－中央精版印刷株式会社

価格はカバーに表示されてあります。

落丁乱丁の場合はアルファポリスまでご連絡ください。

送料は小社負担でお取り替えします。


ISBN978-4-434-30728-7 C0193